朱雀門の残照

女帝と雀部道奥

古川昭一

合同フォレスト

はじめに

今わが国の多くの企業などでは、評価制度が取り入れられています。私が勤めていた通信会社でも、その制度は取り入れられていました。しかし、人が人を評価するということに対して、「本当に客観的で公正な評価がなされているのか」といった疑念の声を耳にすることがあります。そして、私自身も不当な評価だと感じて、会社と話し合ったこともありました。

そんな事情もあって、評価制度には特別の思いを感じていました。

そんな時一冊の本と出合いました。東野治之氏の『木簡が語る日本の古代』(岩波書店)という本です。その本の中には、一片の木簡の写真が掲載されていました。

「位子　雀部朝臣道奥　銭五百文」

雀部道奥《ささべのみちのく》が続労銭として、五百文の銭を国へ納めたことを示す木簡です。

近年、木簡の研究が進み、その成果のお蔭で、何とか一般役人の生活実態を垣間見得ることができるようになりました。そしていつしか私の中で、評価制度の只中で生きた一人の下級役人が、千三百年の時を超えて息づき始めました。その彼を追い続けた結果、この物語『朱雀門の残照』に辿り着いたのです。

評価制度がわが国に取り入れられたのは、七〇一年のことです。

この時朝庭は、唐の律令制度をほぼそのままに取り入れました。大宝律令を基軸にした律令国家の誕生です。評価制度はこの律令の中の、選叙令・考課令に、事細かく書き定められています。

そこで本書は、律令制度がこの国に定着していった藤原京から平城京にかけて、ほぼ全期間を描くことになりました。

基本資料としては、『続日本紀《しょくにほんぎ》』（講談社学術文庫）を活用しました。しかし『続日本紀』には、貴族（従五位下以上の官人）たちの叙位や任官などが克明に記載されていますが、一般下級役人の記述は、ほとんど見当たりません。

日の出と共に仕事を始める一般役人たちの日常は、どんなものであったのか。

彼らが朝食をすることができたのはいつ（何時）、どこ（何処）で、どんな形でなのか。

非番の日は、家でどんなことをして暮らしていたのか。

これらの疑問に、正史からは答えを見い出すことができません。こういった日常ありきたりの事柄には、正史は関知をしないようです。

生活実態を伺い知ることができない基本資料の中で、私は渡辺晃宏氏の『平城京一三〇〇年全検証―奈良の都を木簡からよみ解く』（柏書房）を参考にしながら、自らの創作への意欲を高めていきました。

また、自分自身のこれまでの生き様を重ね合わせることで、何とか雀部道奥という下級役人に、相対することができるようになっていきました。そんな中で今一つの偶然が、更なる追い風となりました。

二〇一七年の早春、和歌山県の小さな町の図書室で、養老律令を収録した『律令―日本思想大系3』（岩波書店）という本を、手にすることができました。この偶然との出会いで、私と雀部道奥は奈良の街にさ迷い出ることができました。

雀部道奥は、何故五百文もの銭を国へ納めなければならなかったのでしょうか。そしてそれから約三十年後に、彼が従五位下という貴族に叙位された記述が、『続日本紀』に見えます。

この時代、蔭位《おんい》の制度《せいど》*というものがあり、貴族の子は位階の途中からの出発となり、容易に貴族の位階に達し得ました。

それに引き換えて一般役人の子であった雀部道奥は、三十位階の最下段（少初位下）からの出発でした。彼にとって従五位下という位階は、遥か彼方の夢にさえ出てこない存在であったと思われます。

しかし気がつくと、彼はその位階に達していました。夢想だにしなかった現実が、わが身に降り注いだのです。

ではこの間彼には、一体どのようなことが起きたのでしょうか。歴史上の事件としては、「橘奈良麻呂の事件」「藤原仲麻呂の乱」、そして弓削道鏡に関係した「宇佐八播の神託事件」などがあります。

道奥がこうした出来事に、どう関わっていったのでしょうか。想像の域が大きく広がります。しかし道奥は役人です。それも銭五百文を納めて、今の地位にしがみついた下級役人です。彼にとって事件の正邪への関心よりも、自分に下される評価のほうに、より心を惹かれていた筈です。

そんな彼が辿り着いた終着点は、どのようなものであったのでしょうか。


今、私はこの物語を脱稿して、二年半ぶりに現代の自分に還って来ました。年齢も七十歳となりました。

雀部道奥と共に時空を超えて旅をした日々は、とても感慨深いもので、私にとって、自身を見つめ直す良い機会となったようです。

今後は、この経験を糧として、自分に残された日々を自分の歩幅で、ゆっくりと歩き通したいと思っております。

2020年2月

古川　昭一

＊蔭位の制度：高位者の子孫が二十一歳になれば、高位者の位階に応じて、叙位される制度。

藤原氏系図

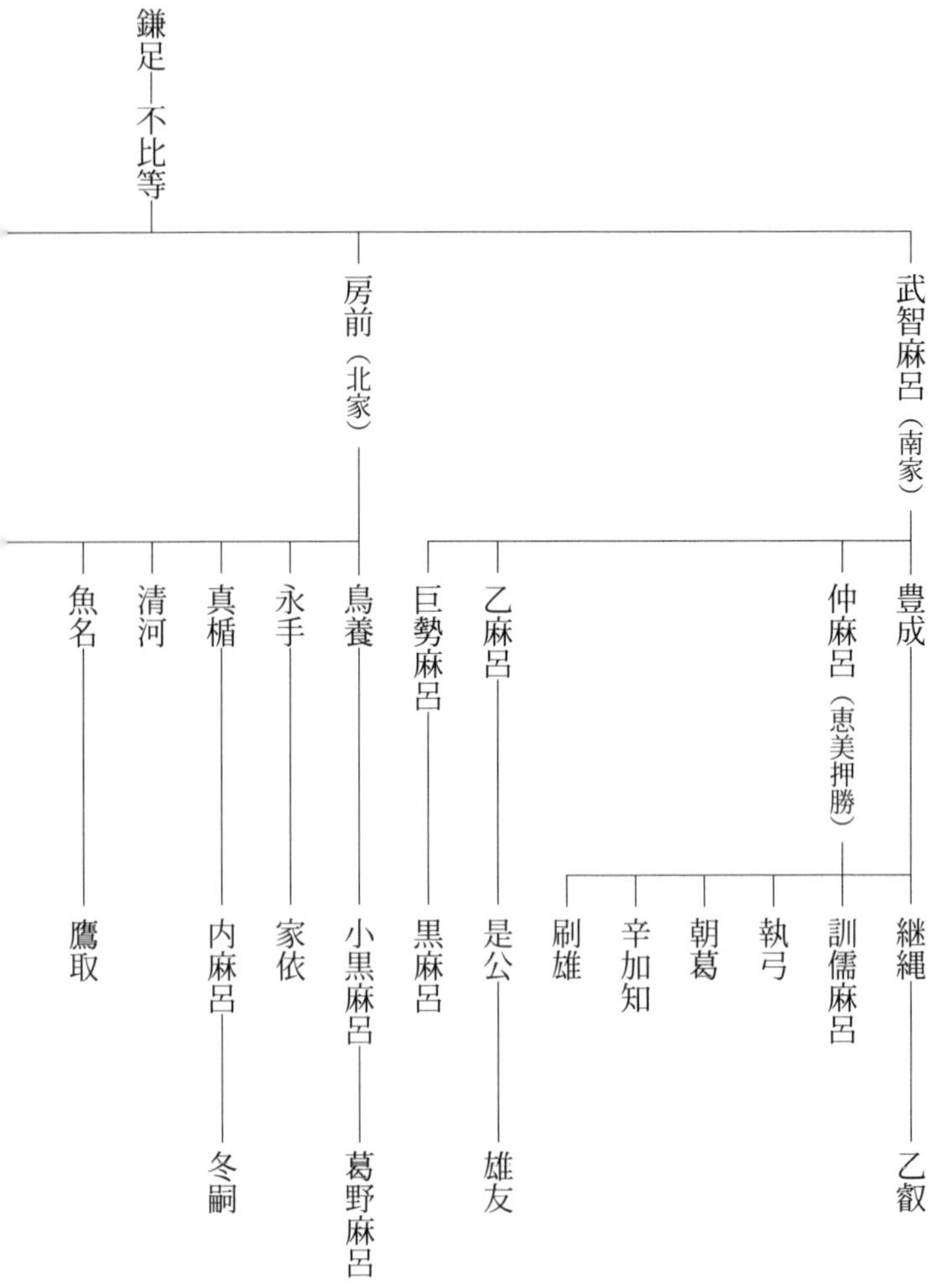

鎌足
不比等
武智麻呂（南家）
豊成
継縄
乙叡
仲麻呂（恵美押勝）
訓儒麻呂
執弓
朝葛
辛加知
刷雄
乙麻呂
是公
雄友
巨勢麻呂
黒麻呂
房前（北家）
鳥養
小黒麻呂
葛野麻呂
永手
家依
真楯
内麻呂
冬嗣
清河
魚名
鷹取

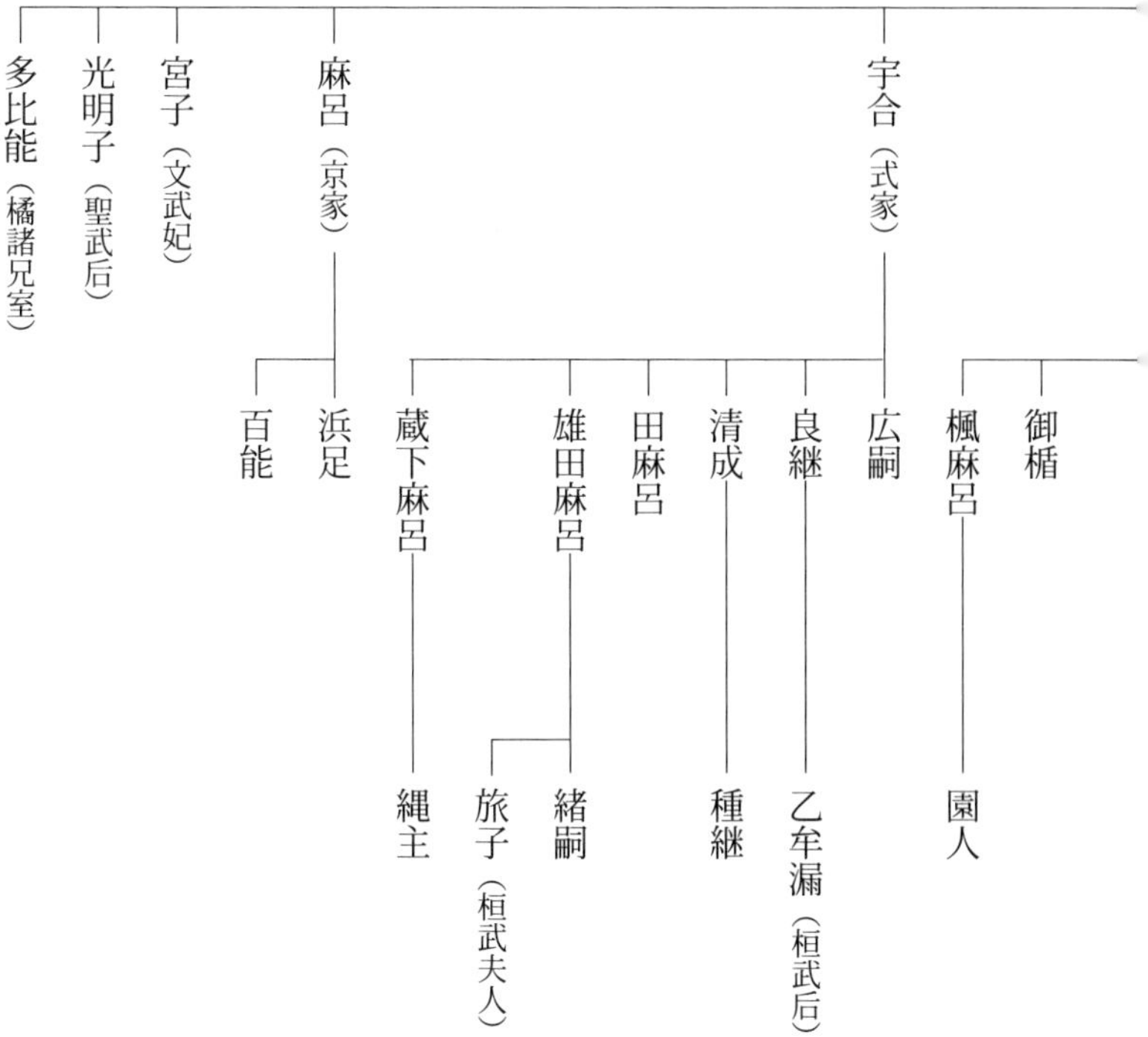
宇合（式家）
麻呂（京家）
宮子（文武妃）
光明子（聖武后）
多比能（橘諸兄室）
御楯
楓麻呂
園人
広嗣
良継
乙牟漏（桓武后）
清成
種継
田麻呂
雄田麻呂
緒嗣
旅子（桓武夫人）
蔵下麻呂
縄主
浜足
百能

朱雀門の残照——女帝と雀部道奥

● 朱雀門の残照 ●

一

雀部道奥《ささべのみちのく》——その男は、奈良市佐紀町に広がる平城宮跡の一角から、千三百年の時を経て、再び産声をあげた。それは続労銭《しょくろうせん》*を納める、一般役人に混じってのことであった。

〝位子《いし》**——雀部朝臣道奥銭五百文〟

今で言う領収書にあたる木簡群の一つに、彼の名はあった。

律令制度が整い、少初位下《しょうそいのげ》に始まり、正一位までの三十位階が確立された。一般役人た

＊続労銭：当主が死去して失職した場合、銭五百文を国へ納めることで、引き続き労働をこなしたとみなされる制度。
＊＊位子：一般役人の子息。

ちの多くは良い評価を得て、その一つでも上を目指した。そのために、律儀に働き続けた日々。しかし仕えていた主人の、思いがけない失脚や突然の死去等に遭遇した時、彼らは当惑し、そして対処の方法を迫られた。この時代、銅銭五百文を国へ納めることで、勤務の実体はなくとも一年間が勤務扱いと見做されて、引き続き評価の対象となるシステムがあった。雀部道奥は、その道を選んだ。

奈良時代の幕開けの中で生を受けた彼は、時代の終焉と共に、その生涯を終えた。奈良時代のほぼ全期間を生き抜いた彼は、一般役人として評価制度の只中で生きた男でもあった。そして彼は幾多の難事に遭遇した後、貴族と呼ばれる従五位下の位階を手に入れた。貴族の子弟でなかった道奥が、この位階に到達することなど稀有なことであった。そして彼は、正史続日本紀《しょくにほんぎ》にもその名を残した。

今日では多くの企業や組織などが取り入れている評価制度は、今から千三百年以上も前の七〇一年に施行された大宝律令の中の、選叙令《せんじょりょう》*、考課令《こうかりょう》**にその起源をもつ。

雀部道奥の父道行は、大宝律令が施行された藤原京の時代に多感な青少年期を過ごし、やがて妻を娶った。京の南の外れにある彼の住まいからは、耳成《みみなし》、畝傍《うねび》、香具山《かぐやま》といった小高い三つの山に、すっぽりと包み込まれた藤原宮の殿舎を見渡すことが出来た。道行は黄昏時になると妻と二人して、その姿をよく眺めた。そして呟くように言った。

「鳥が翼を広げて、内にある大切なものを守っている。そうは見えないか」

妻に同意を求めることが、彼の癖であった。そして彼は、傍らに寄り添う妻の、顔と腹とを等分に眺めた。妻には新たな生命《いのち》が宿っていた。道行は妻を見つめて言った。

「これからは学問の時代だ。読み書きが出来れば、役人としてどんどんと出世も出来て、お前や、やがて生まれてくる子にも、少しは楽をさせてやることが出来る。そうは思わんか」

雀部という家柄から、鳥の捕縛と飼育や、その調理に携わってきた道行は、新たな時代の到来を敏感に感じ取っていた。彼は大空から下界を俯瞰して、目標に向かって突き進む、鳥の習性にも似た特性を身につけていた。そんな彼は、今の政《まつりごと》の推移を、的確に見通す能力にも秀でていた。

「あなたなら、お出来になられましょう」

＊選叙令：位階・官職を授ける諸原則の規定。
＊＊考課令：役人の勤務評定に関する規定。

そつがなく、褒め上手の妻であった。
次の日から道行は、畑仕事などの合間に、削った木に字の練習を始めた。来る日も来る日も繰り返した。やがて彼の位階は少しずつではあったが、確実に上がっていった。

道行の息子道奥が十八歳になった時、父道行に伴われて白丁《びゃくちょう》＊として平城の都で、役目に励むことになった。父は息子を、宮内にある各役所に誘った。朱塗りの柱に真っ白な壁の役所は、道奥には眩しかった。道行はそれぞれの建物の前に来ると、その役所の説明を始めた。鳥を相手に過ごしてきた道行は、人前で話すことが苦手であった。しかしこの日の彼は、少し口籠りながらも、必死に語りかけていた。二十年近く前に思い描いた家族のありようが、一つまた一つと現実のものになりつつあることに、手応えを感じていた。そんな父の後ろ姿を追い続けてきた道奥は、期待と不安の中で心昂っていた。

道奥二十歳の時、式部省より資人《しじん》＊＊として、参議藤原房前《ふじわらのふささき》の元へ派遣されることになった。白丁として都の内で、様々な雑用に従事していた道奥にとっては、思いもかけない朗報であった。何しろ藤原房前と言えば藤原北家の当主であり、南家の武智麻呂《むちまろ》と共に、当時最も栄達を遂げていた人物であった。

九条にある住まいに戻った道奥は、早速妻に告げた。

「ワシは明後日より、参議藤原房前様のもとで、資人として仕えることになった。これからは滅多にこの住まいへは戻れぬが、両親と腹の子のことを宜しく頼む」

身重の妻女は、笑顔で応じた。


三条にある房前館で役目に励むことになって四年、天平九年（七三七年）四月、道奥二十四歳の時に、当主房前が急死した。それから半年足らずの間に、残りの藤原三家の当主たちも相次いで亡くなった。当時畿内に蔓延していた疫病によるものであった。

その結果、そこに仕えていた多くの下級役人たちは、一年後の喪明けまでに、自身の身の振り方を決める必要に迫られた。

道奥は房前の死去から四ヶ月後の八月初め、久しぶりに九条の住まいに戻った。母屋で父道行と対座した道奥の前には、銅銭五百枚が置かれていた。道行は息子に告げた。

＊白丁：無位の下僕。
＊＊資人：皇族・貴族の位階・官職に応じて支給されて、護衛や雑役をこなした下級役人。

「長い人生の中では、思いもかけない出来事に遭遇することがあるものだ。今回のことでお前は、役人としての人生を歩む道を選んだ。自らが決めたからには、その道を全うするために、日々の努力を怠ってはならない、よいな。家の内証のことなど、気に懸けることはない」

道奥は父に、深々と頭を下げた。

小半時《こはんとき》*後、住まいの門口に立って振り返った道奥は、住まいの中ほどに設けられた木の柵を見た。住まいの半分が、他人の所有となっていた。道奥は、腰に結わえた銅銭五百枚の包みの紐を、今一度強く結わえた。そして房前館に向けて、馬に一鞭をくれた。

その翌日、式部省を訪れた道奥は、持参した銅銭五百枚を、続労銭として納めた。道奥の、役人としての歩みが継続した。

二

天平十二年（七四〇年）十月、道奥二十七歳の時、天皇聖武《しょうむ》に付き従って、恭仁《くに》、紫香楽《しがらき》、難波《なにわ》と、彷徨の生活が始まった。そして五年後の天平十七年五月になって、やっと平城の地への帰還となった。調理の担当で巡幸に付き従っていた道奥も、残務整理の後、ひと月遅れの六月になって、やっと九条のわが家へ、帰還を果たすことが出来た。

その夜、道奥の住まいでは、家族や親戚、それに下僕や下働きの女たち全員が広間に集って、ささやかな宴が催された。

この席で父道行は、隣席の道奥に、さりげなく語りかけた。

「あとでワシの部屋に寄ってくれ」

それだけを言うと道行は、孫たちの方に向き直り、身振り手振りを交えて語りかけた。

「鳥という生き物はな、高い空の向こうから一気に舞い降りてくると、あっという間に

＊小半時：今の三十分。

川面の魚を、嘴で銜えていくのだ。まさに神業だなあ。どうだ、鳥とはすごい生き物だろう」

同意を求められた孫たちは、食べることも忘れて、祖父の話に聞き入っていた。横合いから道行の妻女が、口を挟んだ。

「あなた、鳥の話をするのは結構ですが、孫たちが食べることを忘れて聞き入っています」

そして孫たちに向かって言った。

「爺じの話は、食事が終わってからにしましょう。早くお食べなさい」

爺じと孫たちは、黙々と箸を動かし始めた。

宴のあと、道奥はこじんまりとした道行の部屋で、父と向き合っていた。父は息子に言った。

「五年もの間、ご苦労であったな」

道奥は答えた。

「私の方はともかく、父上には家の事すべてをお任せして、申し訳なかったと思っております」

道行は、息子の成長した物の言いように、思わず目を細めた。そして尋ねた。

「ところで紫香楽宮では、ひと月近くも地震に見舞われたそうだが、一体どのような状態であったのだ」

道奥は言葉を選びながら、必要なことのみを、父に伝えた。

「ほとんど毎日のように大地の揺れを感じて、不安を口にする者たちも見受けられました。そんな中で帝《みかど》は、『自分の不徳が原因で、このような事態を招来した。天意に叶わぬ巡幸であれば取り止めにして、平城宮へ戻るのが当然のことである』と仰せになられて、五年ぶりの還御《かんぎょ》*となった次第でございます」

息子の、あまりにも簡潔な返答に、道行は内心唖然とした。そして自身が経験したこの五年間を、思い遣った。

〝家族と共に平城の地に残ったオレは、日々都から人が去っていくのを見て、遣る瀬ない思いの毎日であった。この間東西の市場からは、多くの店主たちが、恭仁の地へ移っていった。そして都の象徴であった大極殿さえ解体されて、恭仁宮へと運ばれて行った。そ

＊還御：天皇が行き先から帰ること。

んな中でオレは思った。「いよいよ此処も廃都となり、やがては廃墟になるだろう。しかし今更、他所へ移り住もうという気持ちなどはない」。そこでオレはもう、役人生活に見切りをつけて、田を耕すことを考えていた。そんな矢先、平城の地が再び都に返り咲くという噂が流れて、人々が戻ってきた。オレは、人の心の移ろい易さに、つくづく嫌気がさした。空しさが心に溢れた。そんな気持ちを味わったオレにとって、この五年間の彷徨を、「天意に叶わぬ巡幸」というひと言でけりをつけられることに、到底納得など出来るわけがない〃

役人としての人生を歩んで四十年、道行が政《まつりごと》に対して、初めて抱いた不信感であった。一方、多くを語らなかった道奥自身の心にも、内に押さえ込んできたしこりのようなものが、顔を覗かせていた。そんな道奥の脳裏には、紫香楽や恭仁での、慌ただしい日々が思い出された。

〃四方を小高い山と丘に取り囲まれた紫香楽宮は、さながら大きな鍋の底に、伏せて置かれたお碗のようなものであった。連日打ち続く地響きの中で、お碗の中の帝は、法華経の転読や大赦令を発せられた。しかし自然の怒りの前には、何らの効果も得られなかった。万事休すを悟った時、鍋の底の僅かな隙間に向かって我勝ちに進み、やがて宮外に出た。そして輿を先頭に、一路恭仁宮を目指した。それから数日を経て、平城宮への帰還となった。自分は残務整理の後、六月初めに恭仁宮を出立した。途中人気のなくなった市場の中を通り終えると、そこで振り返った。市場の向こうには、賀茂の山並みを背景にして大極殿の大屋根が、くっきりと浮かび上がっていた。平城宮からこの地へ移し終えて僅か一年。無人となった市場と共に、廃都の象徴となった大屋根の姿は、切なかった〟

ここまでを振り返った道奥は、自身には珍しく、役目に私意を差し挟んでいる自分に気付いた。そして、そんな自分に戸惑いを覚えた道奥は、

〝五年にも及んだ彷徨の日々は、一体何だったのだろうか〟

と自らに問いかけていた。

道行と道奥父子は、灯明の照らし出す薄暗い光の中で、互いにこの五年間について、思いを廻らしていた。

それから数日を経て道奥は、金鐘寺《こんしゅじ》（後の東大寺）での資財の調達と管理の役目に就いた。

そして八月二十三日、その金鐘寺に、高さ五十尺を越える巨大な盧遮那仏《るしゃなぶつ》を造立する旨の詔が発せられた。かつて紫香楽で挫折した理想の都造り。その象徴であった盧遮那仏を今一度、この平城の地で甦らせることに、聖武は執念を見せた。

こうして道奥はこの寺において、幾多の出来事に遭遇することとなっていった。

三

四年後の天平勝宝元年（七四九年）、聖武は天皇の座を娘の阿倍内親王《あべないしんのう》に譲り、自身は太政天皇となった。孝謙《こうけん》天皇の誕生であった。

孝謙が即位した年の暮れ、吉備真備《きびのまきび》が筑前守として大宰府へ赴任することが、囁き合われていた。孝謙にとって真備は、頼り甲斐のある兄のような存在であった。そんな真備との出会いは、孝謙が未だ皇太子であった時に始まる。

吉備真備――備中国下道郡を拠点に、勢力を有した豪族の子息であった彼は、平城宮へ出仕した五年後の霊亀二年（七一六年）に、遣唐使節の一員となった。

そして真備たち一行は、半年にも及ぶ長旅の末、やっと唐の都長安に辿り着いた。真備はまず、長安の城郭の壮大さに驚いた。

〝よくもこれだけの石塊を集めたものだ〟、真備は城壁が織り成す幾何学模様に目を奪われた。しかし真備は、自分に与えられた任務を、瞬時に思い浮かべた。それは今後必要となる典籍を、日本に招来することであった。そのために真備は、諸所を渉猟した。

真備が唐に来て一年ほどが経過した。しかし真備に与えられた任務は、思うようにはかどらなかった。それは真備が、典籍の内容を理解することに、拘ったからであった。

〝自らの内に取り込むためには、どうすればよいのか〟

真備はその手立てを考えた。

やがて真備は、唐の学者に直接教えを請うことと併せて、孔子廟や道観《どうかん》*それに様々な寺院などを実地に見聞することで、何とか理解が出来るように努めた。

こうして永徽礼《えいきれい》**全百三十巻をはじめとして、様々な典籍が日本への招来に向けて、取り揃えられていった。

*道観：道教の寺院。
**永徽礼：唐朝の典礼の一つ。

また真備は暦にも興味をそそられた。

月の満ち欠けや星の運行から法則を導き出し、それを基にして暦というものを作り上げた唐の先人たち。その彼らの教え子たちが、新たに完成させた大衍暦《たいえんれき》*という暦に、真備は心を奪われた。そして暦を手にして呟いた。

「この暦は、彼らが星や日輪を見つめ続けて、気が遠くなるほどの時を費やして、やっと創りあげることの出来た代物だ」

真備は観測の道具を用いて、己が眼に鮮やかに、星空の世界を映し出した。

「空に浮かんでいるあの月や星が、今自分が暮らしているこの世界に、多くの係わりをもっているのか……」

真備は広大無辺の星空を見遣って、先人の飽くなき探究の心に、思いを馳せていた。

こうして天平七年（七三五年）三月、吉備真備と僧玄昉《げんぼう》は、十八年かけて取り揃えた典籍などの招来品とその技法を身につけて、唐より帰朝の途に就いた。

帰朝後僧玄昉は、聖武の看病禅師となった。

一方真備は東宮学士となって、皇太子阿倍内親王（後の孝謙天皇）の学業習得の補佐役となった。

或るとき真備は、語りかけた。

「内親王様、知識を我が物とするためには、時として大きな回り道を余儀なくされることもあります。それでも決して努力を怠らぬことが、肝要にございます」

真備は、唐での自らの経験をもって、阿倍内親王に対した。彼女もまた真備の思いを受け止めて、必死になって勉学に励んだ。その結果阿倍内親王は、自身の周りに広がる未知の大海から、一つまた一つと新たな知識を、我が物としていった。

即位後真備は、良き相談相手として、常に自分の側に居てくれるものと孝謙は思っていた。それが筑前への赴任とは。寝耳に水であった。

孝謙は早速皇太后宮（元藤原不比等邸）に、母光明子《こうみょうし》を訪ねた。

「お母様、お父様は今どこにおられます」

「あの人なら、東大寺におられる筈ですよ。でもまあよく飽きもせず、毎日通い続けられるものですね」

＊大衍暦：七六三年から九十四年間用いられた太陰暦。

そう言いながら光明子は、写経に余念がなかった。〝矢張り〟孝謙には充分に、予測がついた返答であった。孝謙は改めて母光明子を見つめて尋ねた。

「真備が筑前の国へ、赴任するという話を聞いたのですが」

娘の問いかけに、写経の手を止めた光明子は、逡巡して傍らの仲麻呂を見た。

藤原仲麻呂――藤原南家、左大臣武智麻呂の次男として生を受けた。しかしその父武智麻呂は、天平九年大流行の天然痘に罹り、急死した。代わって仲麻呂の兄藤原豊成《ふじわらのとよなり》が、南家の当主となった。この後仲麻呂は、兄豊成の後塵を拝することとなった。そこで仲麻呂は、光明子の甥という立場を活かして、紫微令《しびれい》という皇太后直属の長官となった。紫微中台は太政官より下位の官職であった。しかし太政官内にあっては、兄豊成を越えることの出来ない仲麻呂にとっては、渡りに船であった。更に光明皇太后の元には、聖武が置き去りにした御璽《ぎょじ》*と駅鈴《えきれい》という、二つの天皇大権が保持されていた。そしてその大権の行使は、光明皇太后の了解のもと、仲麻呂の手に委ねられていった。

孝謙が訪れたこの日、光明皇太后の逡巡を見て仲麻呂は、平伏《へいふく》**をしたあと部屋の片隅より、徐《おもむろ》に答えた。

「太政天皇（聖武）様がいまだ天皇でおられました時に、我が一族で式家の藤原広嗣《ふじわらのひろつぐ》が大宰府で謀反を起こしました。その時広嗣は、『僧の玄昉と吉備真備の二人を、政から除く』ということを大儀名分に致しました。しかし太政官では広嗣の行動を、謀反と断定致しまして、二万余の征討軍を大宰府へ送り、広嗣・綱手《つなて》兄弟の処刑をもって決着を致しました。あれから既に十年が経ちました。しかし彼の地では未だに、その時のしこりが残っていると聞いております。真備ほどの者のことです。筑前守として赴けば、必ずやそういった懸念を払拭してくれるものと、確信しております」

今仲麻呂が述べる、筑前守赴任についての説明には、筋が通っていた。また真備に対して、非礼になるような態度も見えず、何らの不自然さもなかった。孝謙は納得するしかなかった。しかし孝謙には、仲麻呂が述べるまことしやかな説明や礼節の根底に、名状し難いほどの底意地の悪さを感じ取っていた。

孝謙は東大寺に向かう輿の中で呟いた。

〝三年の辛抱だ。三年すれば、真備は都に戻ってくる。お父様にもお願いをしておこう〟

しかしその思いは断たれた。真備が筑前へ赴任して二年近くが経った或る日、今度の遣

＊御璽：天皇の印。
＊＊平伏：ひれ伏すこと。

唐使節の副使に、真備が任命されるという話が持ち上がっていた。それも聖武太政天皇の、強い要請によるものであるという。孝謙は急ぎ皇太后宮に向かった。

その日皇太后宮にいた父聖武に、孝謙は問い詰めた。

「お父様、何故真備を再び、唐へ送ろうとなされるのですか。それに今度の遣唐使節の人選については、既に終わっているのではないですか」

孝謙の詰問に、聖武は押し黙った。思い詰めると自分の我を貫き通し、時には癇癪さえ起こし兼ねない聖武も、娘孝謙には常に寛容であった。そして孝謙を前にしたこの日は、ただただじろぐばかりであった。孝謙には三年経てば、真備は都へ戻すことを約束していたからだ。

頃合いを見て、侍っていた仲麻呂が、話に加わった。

「今回派遣されます遣唐使節の大切な御役目の一つが、鑑真《がんじん》様をわが国へお迎えすることでございます。これまで何度も渡航を試みられながら、実現には至りませんでした。今回こそはとの思いでございます。そのためにも遣唐使の経験を持った真備殿が、どうしても必要なのでございます」

言い終えて仲麻呂は、深々と頭を下げた。

孝謙は、仲麻呂を見据えて言った。

「それほど鑑真とか言う唐の僧侶が、わが国に必要なのですか」

孝謙には珍しい、言いがかりにも似た捨て鉢な言葉で応じた。鑑真が授戒制度確立のために、日本への渡航を何度も試みていたことを、孝謙は真備から教えられていた。しかし孝謙は、再び仲麻呂の言に納得させられることが、悔しくてたまらなかった。

仲麻呂は再び深々と頭を下げた後、ゆっくりと言上した。

「今この国には、税の負担から逃れようとして、勝手に僧侶と称する輩がいるとのことでございます。このことを放置すれば、やがては国家の災いとなりましょう。本来僧侶とは、鎮護国家を創りあげるために、その身を捧げるほどの覚悟を持った者たちでなければなりません。そのためにも、僧侶になるための厳格な基準を設ける必要がございます。不肖臣仲麻呂はそのために、我が息子刷雄《よしお》を今回の遣唐使節の一員に加えております。彼の地で戒律を学ばせる所存にございます。帝には何とぞ、そのあたりの事情も察していただきとう存じます」

仲麻呂の長台詞《ながぜりふ》がやっと終わった。その間に孝謙の突きつけた横槍は萎え、怒りの炎は掻き消えていた。横合いから聖武が済まなさそうに、ぽつりと口を挟んだ。

「彼が居なくては、正しい授戒が行えぬからな」

皇太后宮からの帰途、輿の中で孝謙は思った。

〝真備ならば鑑真を伴って、必ずやこの国へ戻ってくるだろう。それまでに私は、天皇位に相応しい者になっていなければ。そしてその時こそ真備や父と共に、素晴らしい鎮護国家の国造りを遣り遂げるのだ。しかし父とはこの後何の蟠《わだかま》りもなく、語り合える日がくるのだろうか〟

未婚で子供を育てた経験のない、孝謙にさえ見て取れる聖武の幼児性。

〝人智に長けた仲麻呂であれば、父聖武を操ることなど造作もないこと。赤子の腕をひねるようなものだ。父のどの部分を押せば、その結果、どんな行動をとるかは手に取るように分かるだろう。要はどんな気分の時に、どの位の強さで押すかだけだ〟

輿の中の孝謙は、思わず両の手を握り締めた。そして、心の内に向かって叫んだ。

「仲麻呂、私は父のようにはいかぬからな」

四

それから二年後の天平勝宝五年（七五三年）十一月十六日、唐の蘇州から四艘の遣唐使船が、日本に向けて帰路の船出をした。第一船には、遣唐大使の藤原清河《ふじわらのきよかわ》と、三十五年にわたる長期留学を終えた阿倍仲麻呂《あべのなかまろ》。第二船には、副使の大伴古麻呂と、その古麻呂の気転で密かに乗船することが出来た唐僧鑑真とその弟子たち。第三船には、副使の吉備真備。そして第四船には、布勢人主《ふせのひとぬし》ら判官たちという陣容であった。四艘の船は困難を乗り越えて、一艘また一艘と日を経て、沖縄まで辿り着いた。しかしその後第一船は、沖縄を出帆して暴風雨に会い、日本とは反対の南方へと漂着した。この後藤原清河と阿倍仲麻呂は、唐皇帝の庇護の下、彼の地でその生涯を終えた。

四艘の船の中で、真っ先に帰朝をはたしたのは、第二船であった。その年の十二月二十日、薩摩に到着した。副使古麻呂は在地の長官に、鑑真とその弟子たちを、大宰府へ送り届けるように依頼をして、遣唐留学僧の延慶を同行させた。そして自らは第二船で都へ向かい、翌年の正月十六日に平城宮にて、帰朝の報告を行った。

孝謙はその報告の数日前に、真備の乗った第三船が、無事屋久島に到着したことを知らされていた。孝謙はこの日ゆとりを持って、帰朝報告を聞いていた。

「唐での朝賀の儀で、わが国が新羅《しらぎ》よりも下位の席次でありましたので、これを改めさせて、その上席と致させました」

古麻呂は、意気軒昂に述べた。

聖武にはそんな席次のことよりも、やっとこの国に招来することの出来た鑑真との対面を、何よりも望んでいた。その鑑真は七十五歳という高齢に加えて、度重なる渡航の試練で、視力を失っていた。伝法の志に、肉体の限界が、大きくのしかかっていた。しかし大宰府での一ヶ月近くの逗留と、付き人延慶の心配りもあって、鑑真の体調も何とか回復してきた。そして彼の心は早くも、平城の地へと向かい始めていた。

孝謙・聖武の二人から離れて列席していた仲麻呂は、古麻呂の帰朝報告を受けて、〝宿敵新羅〟への思いを、嫌が上にも高めていた。かつて唐―新羅連合軍との白村江での海戦で、日本は完膚なきまでに打ちのめされていた。

〝今度こそは、目にものを見せてやる。これからのこの国の行く末は、俺が背負っていくのだから〟

仲麻呂の脳裏には、将来に向けての野望が、幾重にも折り重なっていた。

唐から帰朝して三ヶ月後の四月、吉備真備は大宰大弐として、再び赴任することになった。今回は新羅との戦を想定したものであり、大宰府防衛のための怡土城《いとじょう》の築城が、主な任務であった。今回の赴任について孝謙は、黙認するしかなかった。

今この国にとって吉備真備は、余りにも有能な士であり過ぎた。

一方鑑真が来朝したことで、早速東大寺には戒壇院が建立された。聖武の動きは素早かった。そして授戒制度の確立に向けた対応には、鬼気迫るものさえ見て取れた。

聖武は神亀元年（七二四年）二月に、二十四歳で天皇となった。即位をして十三年が過ぎた天平九年（七三七年）に、疫病が蔓延して、多くの公卿たちが亡くなった。聖武は死の影に怯えた。

更に三年後の天平十二年（七四〇年）八月末には、大宰府で藤原広嗣《ふじわらのひろつぐ》が謀反を起こした。聖武は鎮圧のために、征討軍を派遣した。その混乱の最中《さなか》の十月末、聖武は公卿たち百官を従えて、東国への巡幸に出立した。

その年の暮れ、聖武は恭仁の地で、遷都の詔《みことのり》を発した。更に新都恭仁京建設の只中、紫香楽という寒村に到る道普請をも命じた。

こうして矢継ぎ早に出された布告の中で、天平十四年（七四二年）八月、普請を終えたばかりの道を通って、聖武は寒村の更に奥まった所に着いた。

輿を降りた聖武の前には、巨大な岩がそそり立ち、そこから内への前進を阻んでいた。しかしよく見ると、巨岩の一角には僅かに隙間があり、そこから清水が流れ出ていた。虎《こ》口《ぐち》のようなその部分は、内に溜った雨水を外に吐き出すために、自然に出来たような溝であった。聖武はその溝を跨ぐ恰好で、虎口の前に立っていた。傍らに寄り添った右大臣橘諸兄は、聖武の耳元で囁いた。

「以前私が、帝に申し上げておりました佳き土地とは、この内にございます。四方を小高い山が廻るこの地こそ、帝の安寧の御在所として、相応しい所だと思っております。ここならば、疫病が忍び込んでくる気遣いもございません。恭仁の都からこの地への入り口には寺を造営して、その中に大きな盧遮那仏を造立せしめば、仏都としての体裁は整うこととなります。そして国の隅々まで、仏が導き給う教えが広がり、やがては鎮護国家をこの世に、招来することとなりましょう」

聖武はうっとりとして、耳元の囁きを聞いていた。そして諸兄の甘言の余韻の中で、内に進むように命じた。聖武の乗った輿は、溝とも土手とも区別のつかない湿地を通って、内に入っていった。

翌天平十五年（七四三年）十月、紫香楽宮において、大仏造立の詔が発せられた。その中で聖武は、自らの思いを述べた。

「天下の富と、我が民の労役をもってすれば、大仏造立と寺の建設は成し得る。しかし徒に労苦を課すことよりも、民自らが進んでこの事業に参加することが、仏の教えに叶うものである。たとえ僅かな力であっても志ある者は、この事業に参加せよ」

これで恭仁京の造営に、大仏造立と寺の建設が加わった。聖武の崇高な志とは裏腹に、膨大な出費によって、国家の屋台骨が悲鳴をあげていた。

この年の暮、恭仁京の造営が停止された。この地に遷都して三年、平城京内の東西の市場から移り住んだ店主たちは、やっと人心地がつけるようになった頃合であった。彼らの中には、

「都の造営停止で、やがて恭仁京は、廃都になるのでは」

と不安を口にする者も現れた。

天平十七年（七四五年）四月末から始まった地震は、五月半ばまで連日のように続いた。その間聖武は、紫香楽宮にいた。この地に来て、忍び寄る疫病の恐怖に耐えてきた聖武も、連日起こる地響きには、逃げ場のない絶望感に苛まれていた。そんな聖武が発する経典の転読や大赦令などに、大地の揺れは、収まる気配すら見せなかった。聖武は、仏の慈悲からも見放された。

五月五日、紫香楽宮を何とか脱した聖武は、恭仁宮へ戻り、早速平城宮の清掃を命じた。こうして五年に及ぶ彷徨は、終わりを告げた。

それから十年、今聖武の前には、巨大な盧遮那仏が聳えている。また同じ敷地内にある戒壇院では授戒が行われて、多くの僧侶や僧尼が、比丘《びく》・比丘尼《びくに》となっていた。

聖武にとって、この世に生まれてきたことを、素直に喜ぶことが出来る日々が、やっと廻ってきた。

そして翌天平勝宝八年（七五六年）五月二日、聖武太政天皇は屈託のない童顔で、五十六年の生涯を終えた。

聖武の死から程なく、太政官と紫微中台との反目が、顕わになっていった。

五

それから更に一年、聖武の一周忌法要の後、孝謙は仲麻呂から、声をかけられた。

「内裏の改修工事が行われております間、帝はどこに御在所を、移されるのでございましょうか」

「西宮《にしのみや》*に移ろうかと思っているが」

仲麻呂は合点したように、大きく頷いた。

*西宮：朱雀門の真北の北辺にある天皇の居住区。

「確かに西宮は、かつて大極殿も置かれていた所でございます。余計な出費も抑えられて、民も大いに歓迎致しましょう」

仲麻呂は一呼吸の後、

「しかし西宮は、改修が行われております内裏に、余りにも近うございます。工事に伴う様々な騒音や砂埃など、これから暑い季節を迎える中で、帝の御在所としては、如何なものかと考えますが」

孝謙は返答に詰まった。仲麻呂は続けた。

「わが館はこの春から、少し模様替えを致しました。勿論内裏などとは、比べようもございませんが。しかし改修工事の間の、仮の御在所であれば、取り敢えずご不便をお掛けすることはないと存じております」

仲麻呂の突然の申し出に、孝謙はどう返事をすればよいのか、戸惑った。更に仲麻呂は続けた。

「臣仲麻呂めは、先の太政天皇様や帝の御心遣いのお蔭をもちまして、田村の地には広大な屋敷地を賜っております。それ故かような時にわが館をお使い頂ければ、永年の御恩に僅かにでも報いることが出来、また私めにとりましては、誉れとなります」

仲麻呂は一気に話し終えると、深々と頭を下げて、容易に上げようとはしなかった。孝謙は目の前の仲麻呂の冠を眺めながら、心に少し余裕が出来た。孝謙は即位して三年経った頃に、一度田村第《たむらのてい》を訪れたことを思い出した。〝勝手知った館〟であった。孝謙は仲麻呂の申し出を快諾した。

翌日孝謙は、正殿に居並ぶ公卿たちに告げた。

「明日（五月四日）から改修工事が終わるまでの間、田村第に移ることとします」

参議橘奈良麻呂《たちばなのならまろ》*はやや青ざめた顔色で、疑問を述べた。

「何故田村第などを、御在所となされるのでしょうか」

孝謙は不思議そうな面持ちで答えた。

「私が皇太子に指名した大炊王《おおいおう》は、田村第で暮らしている。その大炊王がどのような環境の中で暮らしているのかを知るのに、良い機会ではありませんか。それに皇太子として相応しい者となるように、手助けをする必要もありましょう」

かつて阿倍内親王として皇太子に指名された時、真備から様々な知識を与えられた。そ

*橘奈良麻呂：橘諸兄の嫡男。

して孝謙は、皇太子として相応しくあるために、必死になって自己を高めてきた。今孝謙は、自身がこれまで持ち得なかった心の有りように、足を踏み出そうとしていた。

〝わが子を育てるように、後継者として大炊王を育て上げなければ〟

翌日孝謙は、中納言藤原永手《ふじわらのながて》や参議橘奈良麻呂たちの、あからさまな不満顔をよそに田村第内に設けられた仮宮に向かった。随行する者は、常に側に侍る女官や内舎人《うどねり》*などであった。孝謙たち一行が仮宮に着いた時、出迎えたのは女官広虫の夫葛木戸主《かずらきのへぬし》であった。孝謙に同道してきた仲麻呂は、

「これから先は帝の御在所。私めはこれにて引き取らせていただきますが、何か御不便なことがございましたら、戸主にお申し付け下さい」

そう言うと第内にある自身の館に帰って行った。

葛木戸主――従五位上、紫微中台の少忠で、仲麻呂の腹心の部下であり、孝謙が最も信頼を寄せる女官広虫の夫でもあった。それに孤児を養育する篤実の人物として、孝謙の耳にも届いていた。そんな律義を絵に描いたような戸主が、今後仮宮と仲麻呂との繋ぎ役になる。余りに出来過ぎた手回しの良さに、孝謙は一抹の不安を覚えた。そして孝謙のこの行動が、やがて太政官内にあらぬ火種を撒くことになった。

孝謙が仮宮へ移って程なく、太政官の公卿の一人が呟いた。

「帝は仲麻呂に、取り込まれてしまったのでは……」

橘奈良麻呂を中心として太政官の役人の中に、反仲麻呂徒党の動きが、急速に高まっていった。


孝謙が田村宮に移り住んで半月ほどが経過した五月二十日、仲麻呂が紫微内相という新たな任務に就いた。軍事に関する権限の、すべてを掌握する役職であった。表向きには、新羅への対処という名目が、まかり通った。更に仲麻呂は、光明皇太后に了解を取り付けた上で、勅五条《ちょくごじょう》**という決め事を、孝謙に奏上した。

「近頃京内で、各氏族たちの軍馬や、物々しい兵士の姿を目にすることがございます。何か事が起こってからでは、遅きに失することになります。どうか京内の治安強化のために、この決め事の裁可を、お願い申し上げます」

*内舎人：朝廷の宿直や雑役及び行幸の警護。
**勅五条：諸氏の長が公事以外で一族の者の招集の禁止／諸氏の保有する馬の制限／私蔵の兵器の制限／京内での武官以外の兵器携行の禁止／京内を二十騎以上の集団となった行動の禁止。

孝謙も光明子も、争い事は嫌であった。それだけに、京内で不穏な動きがあれば、それを未然に防ぐ手立てが必要であることに、理解を示した。こうして勅五条の決め事が裁可された。しかしどのような名目で飾り付けようとも勅五条は、奈良麻呂たち反仲麻呂派の面々を追い詰めるために作り上げられた、戒厳令であることは明白であった。

更に人事に関して、一週間後の六月十六日、奈良麻呂は兵部卿を解任されて事務方の右大弁となり、反仲麻呂派と見做されていた大伴古麻呂《おおとものこまろ》たちは、遠国への配置換えとなった。こうして仲麻呂の意図した政策と人事が、僅かひと月という短期間のうちに、実施されていった。

つい二年前には、太政官の筆頭であった左大臣橘諸兄を父に持ち、奈良麻呂自身は参議であった。聖武太政天皇と孝謙天皇の下にあって、父子でその栄華を極めていた。その父が他界し、入れ替わるように藤原仲麻呂が、紫微中台を足場にして、栄達の道を駆け上っていった。

〝討つか討たれるか〟

追い詰められた奈良麻呂は、先んじて事を起こす方途を選んだ。

そして奈良麻呂たちの不穏な動きは、孝謙や光明子の耳にも届くようになっていった。

七月二日、詔が発せられた。孝謙、光明子同席の場での詔は、奈良麻呂たちに翻意を促し、反省をさせるという穏便な決着を思い描いたものであった。

また不審者として捕縛された二名の者たちも、身の潔白を申し立てて、事件の真相は闇に包まれていた。このような中で事態は、孝謙と光明子が思い描いた決着に向けて、推移していくように思われた。

しかし詔が出されたことで、その後田村第の仲麻呂の元へは、密告が相次いだ。

〝喚問者の一人である右大臣藤原豊成様とその子息が、今回の事件に関与している〟

この密告を受けて仲麻呂は、早速豊成の喚問の任を解いた。太政官に代わって紫微中台が、事件の喚問を主導することになった。そして捕縛の二名への喚問は、拷問へと様変わりした。その結果、謀反の事実とこれまでの謀議について、二人は詳しく供述を始めた。

そして

〝田村宮内におわす帝（孝謙天皇）に、譲位を強いる〟

という謀議の全貌が、明らかになった。この事実が、葛木戸主を通して伝えられると、孝謙は激怒した。

未婚の天皇である孝謙には、いつも〝繋ぎの天皇〟という烙印が付いて回った。それだ

けに、

〝天皇位に相応しくあらねば〟

と叱咤しながら、自らを奮い立たせてきた。

〝その自分に譲位を迫ろうとは！〟

憤怒の形相となった孝謙は、戸主の制止を振り切って、紫微中台へ向かった。

「これは帝、わざわざのお運び、何事でございましょうか」

自分の執務室で報告を受けていた仲麻呂は、役人を下がらせると、唐から取り寄せた華美な装飾を施した紫檀の椅子に、孝謙を誘った。

「仲麻呂、豊成が今度の事件に関与しているとのこと。確証があるのだな」

「誠に申し訳ございません。実の兄が、帝を譲位させる企てに関与していましたとは……」

仲麻呂は大仰に畏まると、溜息をついた。そして続けた。

「確かな者による密訴でございましたので、取り敢えず兄豊成を喚問の任から外しました」

孝謙は更に問い糺した。

「確かな者による密訴とは一体誰じゃ」

「それは兄豊成の処遇をお決めになられる時に、詳しく申し上げます。ただ今回の事件で、真相の解明が大きく進みましたのは、佐伯全成《さえきのまたなり》の自白でございます。その自白によりますと、全成はこれまでにも、奈良麻呂から再三に渡り、謀反に組するように説得を受けていたとのことでございます。しかし帝に弓引くことは大逆であるとして、断り続けてきたと申しておりました。ただ奈良麻呂の企てを知りながら、帝への報告を怠ってきたことは、不忠の至りであると申して、翌日自刃をして果てました。佐伯全成の今回の行状につきまして帝には、どうか彼自身の名誉への配慮と、その一族へのご高配を賜りますようにお願い申し上げます」

仲麻呂の長台詞のあと孝謙は、密訴人を確かめることも出来ないままに、その言を受け入れた。

翌日からは、首謀者たちへの喚問となった。そして首謀者の一人として名指しを受けた大伴古麻呂の喚問が始まった。しかし紫微中台主導の取調べは、苛烈を極めた。そして古麻呂は、ついに謀反の事実を認めた。しかし自白を終えた古麻呂へは、それから後も獄使の振り下ろす杖は、止むことがなかった。

かつて遣唐副使として唐に渡り、朝賀の儀の席次で、新羅の上席とすることを認めさせた大伴古麻呂。そして帰国に際しては、名僧鑑真を伴い帰朝を果たした。聖武が長年追い求めてきた鎮護国家を、現実のものとする端緒を切り開いた功労者が、古麻呂であった。しかしその彼は今、いつ果てるとも知れない杖の嵐の中にいた。そして彼を始め、黄文王《きぶみおう》などの皇族や役人たちが、次々と拷問による獄死を遂げていった。死罪となった奈良麻呂以外にも、自白の連鎖によって名を挙げられた四四三名の多くが、重刑に処せられた。

この結末に光明子は、残念な思いと共に、自身の力の限界を痛感した。しかし同時に、事態が未然に防がれたことで、軍事衝突という最悪な展開とならなかったことに、内心安堵の思いを抱いた。

一方孝謙の思いは、複雑であった。計画の全貌が伝えられた時、孝謙は激怒して、右大臣豊成の大宰府への左遷を決めた。また苛烈な取り調べも黙認した。その結果股肱の臣が、一人また一人と獄死していった。田村宮から改装成った平城宮へ戻った孝謙は、その広い正殿において、自分が下した決断の重さを、ひしひしと感じていた。

六

事件後暫く孝謙は、これまで以上に政に意欲を傾けた。しかしその気丈夫さとは裏腹に、孝謙の心の中には、隙間風が吹き抜けていた。或るとき仲麻呂は、孝謙に語りかけた。

「さぞや帝は今回の事件で、心に傷を受けられたことと、お察し致します。我ら臣下の者がもっと早くに、事件の芽を摘んでおれば、帝や皇太后様の心を、これ程までに煩わせることはなかったのにと、悔やんでおります。この後は帝の心の傷が、一日も早く癒えますことを、我ら臣下一同心より願っております」

仲麻呂は深く頭を下げた。孝謙は仲麻呂の言に、聞き入るしかなかった。ややあって仲麻呂は、更に言葉を続けた。

「とは申しましても私のような者が、帝のお心を慰め申し上げることなど、分不相応にございます。かような場合には、皇太后様とゆっくり話し合われることも大切なことかと存じます。皇太后様ならば心も広く、また帝の実の母様でございます。皇太后様の方でも一度ごゆっくりと、帝と語り合いたいと望んでおられるやも知れません。政については暫時、我ら臣下にお任せ願わしく存じます」

孝謙は仮の館として田村宮に移り住んで以降、仲麻呂の長台詞の語りかけに、聞き入ってしまうことが多くなった。そしていつしか仲麻呂の提案に、同意をしていた。

かつて孝謙は、聖武・孝謙そして真備が鼎となって、鎮護国家を推し進める日が来ることを願っていた。しかし聖武が亡くなり、また真備が〝大宰府の人〟となってしまった今では、仲麻呂を頼りとするしかなかった。孝謙は限りなく孤独に苛まれていた。


翌年の天平宝字二年（七五八年）八月、孝謙は大炊王へ譲位をした。

詔の中で孝謙は、譲位に到った理由をこう述べた。

「国を治めることとは、多くの苦労を伴うものであり、だからいつまでも続けるものではないと考える。母皇太后様にはこれまで、充分な孝養を尽せなかった。今後は娘として、悔いのない人生を歩んでいく」

淳仁天皇の誕生と共に宮内では、譲位した孝謙の英断が、喝采をもって迎えられた。

雀部道奥は四十代半ばを過ぎ、長男道智は初めての位階を得ていた。九条三坊にあった住まいから、七条三坊へと移り住み、役人生活を終えていた父道行と共に、三世代が同居する一家となっていた。前年に起きた〝奈良麻呂事件〟も、道奥たちのこの穏やかな日々に、取り立てて波風を立てることもなかった。誠実で、また堅実に生きてきた道奥一家故であった。しかしその道奥も、孝謙譲位の詔を聞いた今は、強い衝撃をもって受け止めていた。

「何故だ……」

聖武在世時、道奥は東大寺で、孝謙を何度か見掛けたことがあった。側にはいつも聖武がいた。父と娘は仏の教えを通して、国の繁栄をもたらす鎮護国家について、熱く語り合っていた。

〝国の将来について語り合う父と娘〟

遠めに見つめる道奥にとって、微笑ましくもあり、羨ましくもあった。そして孝謙の

〝天皇位に相応しくあらねば〟

と自らを奮い立たせている姿に、道奥は心を揺さぶられた。

〝その孝謙が、母光明皇太后への孝養のために、譲位をするとは〟

やはり道奥には、納得が出来なかった。

譲位の詔から一年が過ぎた或る日、道奥は夢に魘《うな》された。

見通しの利かない遥か向こうから火の玉状の閃光が、道奥めがけて襲いかかって来る恐怖に目覚めた。その後臥所《ふしど》*で道奥は、ぼんやりと天井の梁を見つめていた。

〝この後この国には、途轍もない出来事が起こるのでは。そしてその時オレは、先程見た閃光に焼き尽くされるのではないだろうか〟

役目に私事を挟むことなく、実直に歩んできた三十余年の役人人生。道奥は父譲りの、誠実で温厚な性格であった。しかし父ほどの、将来に向けた楽天家ではなかった。

それから一年後の天平宝字四年（七六〇年）六月、光明皇太后が亡くなった。これで孝謙は、独りぼっちになった。

母の死去から半年、孝謙は光明子が晩年の在所とした法華寺で過ごすことが多くなった。そして今も持仏堂で、観世音菩薩に向かって語りかけていた。

「私は独りになってしまった。今の私には、頼れるものや、やるべきことが見当たらない。これからどうすれば良いのか」

独りぼっちになって、母光明子の偉大さがよくわかった。それと共に自身の未熟さも思い知った。

「一体何故こんなにも、気持ちが滅入るのだろうか。それに本来手元にある筈の、御璽と駅鈴すらない」

暫くの間孝謙は、何度か反芻した。すると孝謙には、四ヶ月ほど前の或る日の光景が、うっすらと思い浮かんだ。

その日は、孝謙にとって外祖父にあたる故藤原不比等《ふじわらのふひと》への、正一位・太政大臣と共に、淡海公という諱《いみな》＊＊が、追贈された日であった。その儀式を終えた後、仲麻呂は孝謙に囁いた。

「私たちの祖先が築き上げたこの国を、新羅が蔑《ないがし》ろにしようとたくらんでおります。今後はこのように思い上がった新羅を、懲らしめねばなりません。そのためには兵船の建造や、多くの武器を取り揃えることが肝要となります。また速やかな対応も必要なものとなってまいります。今の帝（淳仁《じゅんにん》）は未だ太政様（孝謙）ほどの経験を、お持ちではございません。そこで政《まつりごと》につきましては、今暫くはこの仲麻呂に、お任せ願いたく存じます」

母光明皇太后が保持していた御璽と駅鈴は、その死去と共に、孝謙の手元に留め置かれ

＊臥所：寝所。
＊＊諱：死後に尊んで付けた称号。

る筈であった。しかしこの日、その二つの大権が、孝謙の眼前から擦り抜けていった。

〃本来手元に置くべき大権を、何故仲麻呂に委ねたのだろうか〃

この後この思いが、孝謙の心に澱《おり》のように、降り積もっていった。

それから更に半年ほど過ぎた或る日、孝謙は淳仁から、薬師寺への行幸の誘いを受けた。薬師寺は、聖武の曽祖父天武による、皇后の病平癒祈願のために建てられた寺であった。そして今この寺は、律令制度の中の僧尼令に基づいて、僧尼を統轄する僧綱所《そうごう》*であった。孝謙にとって誘いを躊躇《ためら》う、何らの理由もなかった。

八月初旬、秋の気配が寺内の薬草園を包み込んでいた。そんな中を孝謙と淳仁の輿が、薬師寺の南門を潜って行った。金堂の前で僧綱の三聖人《さんせいじん》の出迎えを受けた二人は、早速本尊の薬師三尊像と対面した。

日光・月光の両尊像に脇侍《きょうじ》されて、薬師如来像は鎮座していた。その前に立った孝謙は、思わず溜息をついた。

〃いつまでも眺めていたい。ここ数年来、こんなにも心安らぐことはなかった。この仏様ならば、すべてを委ねることが出来る〃

孝謙は、絶対の信頼感のなかにいた。

次に孝謙は、東院正堂へと案内された。

堂内に入ってすぐに、孝謙は目の前の立像に、釘付けとなった。

聖観世音菩薩像——薄物の裳と天衣を透かして、見事な体躯が垣間見える艶めかしさ。

孝謙は瞬時に、己が邪《よこしま》なる心を恥じた。

気を取り直すと孝謙は、今一度そのお顔を注視した。

〝何と穏やかなお顔なのだろう。僧正の説明によるとこの菩薩様は、六道の中でも最も忌み嫌われた、地獄道に堕ちた人たちにも、救いの手を差し伸べるということだ。ならば私のような、生きる方途を見失った者には、一体どのような救いを、お与え下されるのだろうか〟

孝謙はその場を、立ち去りかねた。しかし案内役でもある僧正の心遣いに、次なる仏像との対面へ、歩を進めた。

半時ほどして、寺内の仏像との対面を終えると、僧正が声をかけた。

「お疲れではございませんか。少しごゆっくりとなされては、如何でございましょうか」

＊僧綱所：僧尼を統括し法務を司り、薬師寺に置かれていた。僧正・僧都・律師を三聖人とする。

孝謙、淳仁共に、会釈で応じた。少しの後、二人の前に煎じ茶が出された。

「もしお口に合いますならば、ご賞味願わしく存じます」

僧正からの気遣いの言葉に、孝謙はゆっくりと飲み干した。一方淳仁は、一口含んだ後思案顔になった。

「無理をして、飲まれることはございません。帝には、お口直しの白湯を差し上げます」

そう言って僧正は、淳仁に笑いかけた。ほっとした様子の淳仁は、僧正に問うた。

「今のは何を煎じたものかな」

「桑の葉を煎じたものにございます。桑の葉には気力を漲らせ、物事に集中させる力が、宿っているということでございます。東大寺の僧侶で、こういったことに精通している者がおります」

「名は何と言うのだ」

「道鏡と伺っております」

それから少しの後、淳仁は孝謙を伴って、仲麻呂の娘婿、藤原御楯《ふじわらのみたて》の館に行幸した。

夫婦して二階級の昇叙に沸き返る館内にあって孝謙の心には、一人の僧侶の名が強く焼きついていた。

〝道鏡というのか〟

七

年も改まり、法華寺の所々に野草が繁り出した三月初め、一人の僧が参道をゆっくりと歩んでいた。その日孝謙はいつものように、寺内の持仏堂で観世音菩薩と対座していた。

やがて孝謙は向き直ると、堂外の廊下へ声をかけた。

「道鏡、内へ入られよ。そこでは話しが遠い。今少し近くに参られよ」

道鏡は平伏の後、堂内の半ばまで進み、再び平伏した。

「道鏡、そなたは薬草に詳しいと聞いたが、それは誠か」

「薬草に詳しい者であれば私などより、よくご存知の方がおられると思います」

眉が太く、頬骨がくっきりと浮かび出た精悍な顔立ちの道鏡に、孝謙は興味が湧いた。

「そなたは人の病を治す、看病禅師と聞いたが」

「私は若い頃、仏の悟りを体現したく思い、葛木の山中に、一人で籠りました。そのような中で、どんなに自らを叱咤しましても、気が漲ってまいらぬ時がございました。私はそんな自身の未熟さに、つくづく嫌気が差しました。そのような時に、気を取り直そうと飲んだ一碗の煎じ茶が、身体の隅々までを潤してくれました。そして再び気を研ぎ澄ませて、修行に打ち込むことが出来たのでございます。『自然の生命をいただくことで、私の心と身体は、この世に生かされている』と自然の恩恵というものを、強く心に感じた次第にございます」

「では人の病も、薬草によって癒すことが出来ると言うのだな」

「身体の病であれば、その多くは薬草によって、癒すことが出来ます。しかし心に病の原因がある場合には、その内に分け入ってみなければ、対処の仕様がございません」

淀みのない受け答え。これまでの生き様を通して得た、確固とした自信。

〝心の内に分け入るか〟

孝謙は皇太子時代の師であった、吉備真備を思い浮かべていた。

その年の四月、狭山池の堤が決壊したのを手始めに、翌五月には畿内とその周辺の国々から飢饉の訴えが相次いだ。更に美濃から信濃一帯の地域では地震に見舞われた。

そんな状況にあっても太政大臣の仲麻呂は、新羅攻略に向けての施策に、余念がなかった。また淳仁においても、自らの新都保良《ほら》京の建設に、邁進していた。

〝このようなことで思い描いてきた鎮護国家が、この世に実現出来るのであろうか〟

孝謙はかつて、生けるものすべてが仏道を成就出来るという、国造りをめざしていた。

「太政様、只今道鏡様が参られました」

この日も道鏡は、法華寺に召し出された。道鏡は孝謙の前に、持参した涼やかな茶を差し出した。孝謙は碗を取り上げると、一気に飲み干した。

「冷たくて美味い」

「それは宜しゅうございました」

「今のは、何を煎じたものかな」

「イカリソウの葉を煮出して、冷ましたものにございます。心や身体の疲れを癒してくれて、気を漲らせます」

「そうか、気を漲らせるか」

孝謙は道鏡と語らうことで、自らの内に溜った澱が、透過されていくように感じていた。

〝まさしく道鏡は、私にとっての看病禅師じゃ〟

孝謙は満ち足りていた。

少しの間をおいて道鏡は、話題を転じた。

「ところで仲麻呂様が、正一位にお成り遊ばされたとお聞きしましたが」

「何事にも卒がなく、よくやってくれている。そういったことに報いてきた結果が、今回の正一位の昇叙だ」

そこまで言ってひと呼吸を置いた後、孝謙は続けた。

「あの年齢《とし》で正一位太政大臣になれば、後はどのような望みがあるのかな」

言い終えて暫くの後、孝謙はふっと含み笑いをした。それとなく孝謙を見つめていた道鏡は、

「何か可笑しいことでも」

と問いかけた。間合いを計ったような問いかけに、孝謙は思わず心の内にあった思いを、ひょいと口にした。

「仲麻呂の次なる望みは、天皇位かなと思ったまでのこと」

「太政様。冗談にでも、おっしゃってはならぬことと存じます」

「分かっておる。ほんの些細な冗談じゃ」

甘えるような口調でそう言うと、孝謙は自分でも気持ちが、少し軽くなっていくのが分かった。これまで自分の心を縛っていた組み紐が、どんどんとほどけていって、自分の身体が中空に浮かび上がりそうな気分になっていた。

道鏡が法華寺から下がっていった後、孝謙は女官の広虫に言いつけた。寺内にある孝謙の部屋に、酒の用意がされた。孝謙は広虫が注いだ杯の酒を、一口だけ口に含むと、やがてゆっくりと、喉の奥へ流し込んだ。

「広虫、近頃は戸主と会っておるのか」

「仲麻呂様が新羅征伐に、本腰を入れておられます今、いろいろと御用繁多にございます」

孝謙は溜息混じりに言った。

「諸国が飢饉や地震に憂えている時に、何も新羅征伐などに、国家の財を費やさずともよいのに」

孝謙は杯に残った酒を、飲み干した。広虫は穏やかに孝謙を見つめて、相槌を打った。

「太政様はお母様の皇太后様と同様に、争い事を好まれぬ御方様にございます。誠に聖武太政様のお血筋にございます」

「私も母上様も争い事には、常に嫌悪感を持っていた。あの奈良麻呂の事件の時も、流血沙汰にならないように、寛容さを持って解決するように考えていた」

そこまで語ると、孝謙の頭の中で時は止まった。孝謙は空の杯を手にしたまま、これまでの出来事を思い出そうと、思考のすべてを集中した。やがて孝謙を悩まし続けて心の澱となった中身が、氷解しようとしていた。

奈良麻呂事件は当初、光明皇太后と孝謙の詔をもって、穏やかな決着となりつつあった。しかし苛烈な拷問に耐え切れず、捕縛された者が、奈良麻呂たちの計画の全貌を自供した。その計画には、孝謙に譲位を迫ることが取り決められていた。そしてその詳報が、葛木戸主によって田村宮の孝謙の元へ、逐一報告がなされた。孝謙は激怒した。怒りに駆られた孝謙は、充分な詮議を指示することよりも、苛烈な拷問を容認した。その結果、獄史の振り下ろす杖の下で、獄死する者が相次いだ。争い事を好まぬ孝謙の手が、鮮血に血塗られて、事件は収束した。

それから三年後、光明皇太后が死去して、紫微中台は消滅した。そこに保持されていた〝御璽と駅鈴〟は孝謙の手元へ留め置かれる筈であった。

〝それが何故……〟

そこまで辿ってきたとき孝謙の心に、一つの場面がくっきりと浮かび上がった。外祖父不比等への淡海公という諱《いみな》の追贈の儀式。そしてその後仲麻呂が、さりげなく孝謙に語りかけた言葉。

「思い上がった新羅を、懲らしめねばなりません。今暫くは、この仲麻呂にお任せ下さい」

ここまでを思い起こすと、孝謙が手にしていた杯が、小刻みに震え出した。

〝そうか。そうであったのか。私や母上様の戦嫌いを逆手に取って、御璽と駅鈴を我が物としていたのか。それだけではない。古麻呂や奈良麻呂への極刑には、この私を矢面に立たせて、残虐な帝の烙印まで押し付けたのだな。さぞや上手く遣り遂せたと、したり顔になっておったことだろう。おのれ仲麻呂め！〟

腹立ち紛れに見据えた杯は、空であった。

「広虫、何をしている。杯が空ではないか」

広虫は息を呑んだ。自分を見つめる孝謙の目が、怒りに燃えていた。

〝よくもこの私を、世間知らずの小娘のように扱いおったな。よし、それならばお前の望み通りの残虐な帝として、再びお前の前に立ち現れてやる。覚悟しておくがよい、仲麻呂！〟


それから数日経った五月半ば、孝謙は淳仁と共に、建設中の保良宮に出立した。事件は宮に到着して、ほどなく起こった。

孝謙の部屋へ挨拶に出向いた淳仁は、そこで道鏡と楽しく語らっている孝謙を見た。

「これは帝。わざわざのご挨拶、痛み入ります。道鏡、これと同じものを、帝にも差し上げよ」

御前に置かれた煎じ茶を見ながら孝謙は、道鏡に甘えるように促した。道鏡が問いかけ気味に、淳仁を見上げていると、孝謙は更に語りかけた。

「この暑さには、涼やかな煎じ茶が何より。看病禅師のそなたが、私のために煎じてくれた茶であれば、尚一層心に沁みる」

厳格さと共に、人並みはずれた癇の強さを持ち合わせた淳仁の顔からは、みるみる血の気が失せていった。孝謙の前に置かれた碗をじっと見つめていた淳仁は、すっと立ち上がると、踵を返して出て行った。茫然と見送る孝謙に、道鏡は優しく語り掛けた。

「元来帝は、煎じ茶にはご興味を示されない御方。お若いからでございましょう」

その優しい言い方が、却って孝謙の怒りに火をつけた。

「帝となって、長幼の序も忘れてしまったのか。私が帝であった時、母光明皇太后を蔑ろにしたことなど、唯の一度としてなかった」

開け放たれた釣蔀《つりじとみ》の、向こうに見える庭の木立に向かって、孝謙は心に溜った澱を、ぶち撒けていた。

仲違いとなった孝謙と淳仁は、相次いで平城宮に帰還し、その翌日孝謙は出家をした。東大寺戒壇院での授戒に臨んだ孝謙は、己が心の葛藤に、別れを告げていた。

〝私は無駄に時を過ごしてきた。かつての私は、より良い国造りを目指して、自らを切磋琢磨していた。それがいつの頃からか、その積み重ねを怠ってしまっていた。しかし今からでも遅くはあるまい〟

戒壇院の授戒から戻った孝謙は、法華寺の観世音坐像を前に再び誓った。

〝今からでも遅くはない。やれることを一つまた一つと、積み重ねていこう〟

十日後の六月三日、朝堂に集められた五位以上の貴族たちを前に、孝謙は宣言をした。
「今の帝は、親であるこの私を蔑ろにした。これでは共に手を携えて、政にあたることなど出来ない。そこで今後は、細々とした事柄についての判断は、帝が行えばよい。しかし賞罰や叙位などの国家の大事については、太政天皇である私が行う」

孝謙は自らの思いを言い終えると、仲麻呂以下の貴族たちを見据えた。朝堂には淳仁の姿はなく、最前列に控えた仲麻呂は、ひと言も言葉を発することなく、畏《かしこ》まって承った。
孝謙は法衣を翻すと、朝堂の階《きだはし》の前に留め置かれていた輿に乗り込んだ。輿の際に控えた法衣姿の広虫は、その御簾を下ろした。そして広虫が輿に向かって平伏をすると、十人の輿丁《こちょう》*たちによって、輿はその場を離れた。

孝謙一行は朝堂を出ると南へ向かい、朱雀《すざく》門を潜り出ると塀に沿って東へと進み、やがて在所の法華寺の南門までやって来た。孝謙は輿を止めさせた。傍らに寄り添っていた広虫が、輿の御簾を手繰り上げた。門のそばにある木立から聞こえてくる蝉時雨に、孝謙はじっと聞き入っていたが、やがて呟いた。

「どこにも泣き虫はいるものよな」

傍らの広虫は、ひと月近く前のことを思い出して、顔を赤らめた。

今年の五月半ば、法華寺に召し出された道鏡が、用を終えて下がっていった。久し振りに気が晴れやかになったのか、孝謙は酒の用意をさせて余韻に浸っていた。しかし暫くすると孝謙は急に押し黙り、やがて不機嫌になると、傍らの広虫に八つ当たりを始めた。あまりの変貌に、呆気に取られていた広虫も、やがて涙ぐみ始めた。自らが招いた結果に困惑した孝謙は、

「泣くことで、物事が解決するほど、世の中は甘くはない。お前は広虫ではなく泣き虫です」

そう揶揄して事を収めた。あれからもうひと月近くが経っていた。法衣姿の広虫は、輿の内に向かって答えた。

「私は広虫でも泣き虫でもございません。太政様と共に出家をして、法均尼《ほうきんに》となりました。もう泣くことは決して致しません」

＊輿丁：輿の担ぎ手。

「そうか、法均尼か。良い法名じゃ」

そう言って御簾を下ろさせた。門を潜って行く輿の中で孝謙は、先程の朝堂での一部始終を、思い返していた。

〝御璽と駅鈴を手にすることも叶わなかったこの私に、あの能弁でなる仲麻呂は、頭を垂れたままであった。さてこれからどうするか……〟

孝謙は太政天皇として、自信と気力が漲り始めていた。孝謙は輿の中にあって、これからの対処を考えた。

〝さてこれからどうするか。まずは真備を、この平城の地へ戻す手筈を整えよう。この地には鎮護国家の建設に向けて、父が遺した東大寺を始めとした諸寺がある。そして道鏡もいる。これ以上、時を無駄には出来ぬ〟

孝謙の乗った輿は、蝉時雨の中の参道を、一歩また一歩と進んでいった。

八

年が明けて天平宝字七年（七六三年）五月、孝謙の在所法華寺に、薬師寺の三僧綱《さんそうこう》が揃って集まった。表向きには、孝謙の父聖武の七年目の法要であった。法要の後三聖人と孝謙は、久しく聖武の思い出を語り合った。そして話題は、遷化の時を迎えようとしている大和上鑑真の人となりに及び、やがては飢饉や疫病への憂いに到った。こうしていつ時にも及ぶ語らいを終えて、法華寺を退出する聖人たちの表情は、一様に硬かった。

それから四ヶ月後の九月四日、興福寺別当であった慈訓《じくん》に少僧都解任が告げられた。そしてその数日後、孝謙の看病禅師であった道鏡が、その後任となった。

慈訓は聖武の看病禅師として信任を得ると、仲麻呂政権下では、仏教政策の中心を担っていた。それだけに仲麻呂の受けた打撃は大きかった。

報告を受けた太政官では、早速会議が開かれた。

「太政天皇様は、我らには何の相談もなく、慈訓の解任を決められた。いくら太政天皇様とは申しても、余りにも身勝手になされよう。納得が参りません」

正殿内は仲麻呂の長男で、参議の訓儒麻呂の怒りの声にざわついた。そんな中、太政官の筆頭である大納言の文屋浄三《ぶんやのじょうざ》が、意見を述べた。

「今回の処遇は、太政様だけの考えでなされたものではなく、僧綱のお三方も同意されてのことと承っております」

中納言藤原永手《ふじわらのながて》も続いた。

「僧綱の方々も納得なされているのであれば、今回の処遇に問題はないと存じます。後任の道鏡という僧侶も、看病禅師としては、並の者ではないと伺っております」

両者の意見で、正殿内は落ち着きを取り戻した。暫くして同座していた仲麻呂は、鷹揚に意見を述べた。

「まあ太政様には、それなりのお考えがあって下された決断でございましょう。道鏡とやらがどのような人物なのかも、とくと拝見いたしましょう」

仲麻呂はこれまで、自らが創りあげた藤原恵美《ふじわらえみ》家のみの繁栄を計ってきた。同族であっても恵美家以外の藤原四家は、埒外に置かれてきた。しかし恵美家のみの繁栄は、他の藤原一族や、多くの氏族の反感を買うものであった。このような状況の中で仲麻呂は、弱みを見せることが出来なかった。

年が明けて天平宝字八年（七六四年）正月の任官の儀で、石上宅嗣《いそのかみのやかつぐ》、佐伯今毛人《さえきのいまえみし》、大伴《おおとも》家持《のやかもち》など、仲麻呂政権にあからさまに距離を置いていた三人に、九州各地への左遷が言い渡された。仲麻呂にとっての危険人物を、遠国へ遠ざけることで、中央における自らの権力基盤の安定を計ろうとした。しかし同時に、吉備真備を造東大寺長官に任命するという、孝謙の強い要望を無視することが出来なくなっていた。天皇、太政天皇による二頭政治が紡ぎ出す不協和音が、昂然と鳴り響きだしていた。

平城宮とその周辺で作業に励む役人たちにも、その異様さは伝わっていた。しかし彼らの多くは、鳴り響く不協和音の行き着く先に、興味などなかった。彼らにとっては、今手懸けている仕事を遣り遂げることが、すべてであった。そのことで下される評価が、当面最大の関心事であった。

その年の六月、授刀衛長官藤原御楯が死去した。御楯は仲麻呂の娘婿ということもあり、恵美家以外の藤原一族において、数少ない仲麻呂政権支持者の一人であった。仲麻呂はまた一つ、苦境に追い込まれた。

それからひと月後、紀寺の奴益人《やっこますひと》らによる訴えが、孝謙の在所法華寺の御所に持ち込まれた。そこで孝謙は、太政官の筆頭であった文室浄三を、自分の御所に召し出した。そして益人らの訴えに、是非を決めるように指示をした。

太政官の役人たちは、早速関係する寺院への問い合わせを始めた。その中で僧綱所（薬師寺）が管理をする戸籍帳には、益人たちの母親が、紀寺《きのてら》の奴婢であることが記載されていた。ただ紀寺が保有する資財帳には、奴婢となった理由が記載がされていなかった。しかしそのことは、瑣末なことでしかなかった。浄三のこれまでの経験からして、奴益人の訴えは却下されて当然のものであった。

〝しかし……〟

浄三は逡巡した。益人らによる訴えは、平城宮内の淳仁の御所ではなく、法華寺の孝謙の御所への訴えであった。

〝資財帳の記載漏れを、瑣末なこととして扱ってよいものなのか〟

浄三たちは判断に苦慮した。

数日後、浄三は孝謙の御所に伺候した。

平伏の後、浄三は、伺い気味に言上した。「いずれを是とすべきか、われら太政官一同判断がつきかねましたので、太政様の御聖断を仰ぎたく、罷り越しました。誠に面目次第もございません」

これに対して孝謙は、

「戸籍帳と資財帳との記載に差異がある。にもかかわらず益人の母が、一方的に奴婢に貶められたのは、道理が通らない。益人たちを賤民から解き放ち、良民とせよ」

との勅裁《ちょくさい》*を下した。しかし紀寺の氏長は、この勅裁に疑問を持ち、平城宮内にある淳仁の御所に、不承知の旨を訴え出た。

浄三が予期した事態となった。日を置かずに浄三は、孝謙の御所に出向き、事の経過を言上した。聞き終えた孝謙は、浄三に指示を与えた。

翌日孝謙の御所には、浄三と仲麻呂の息子で、参議の藤原朝葛《ふじわらのあさかり》が召し出された。

孝謙は、御前に控えた二人、とりわけ朝葛に向けて口勅《こうちょく》**した。

「紀寺の資財帳には、益人たちの母が奴婢とされた理由が書かれていない。賤民に貶める場合には、充分な根拠を示す必要がある。軽々しく良民を、賤民とすることがあってはならない。よって益人たちの訴え通りに、賤民から解き放ち、良民とすることとした。お

*勅裁：天皇自ら裁定を下すこと。
**口勅：口頭による天皇の裁断。

前たち二人は、私の裁定が間違っていると思うか」

二人は畏まって承った。

それから程なく、太政官の使者が紀寺に向かい、詔を告げて、一件は落着した。

それから数日後、朝堂で執務中の浄三に、仲麻呂は声を掛けた。

「紀寺の一件、ご苦労様でございました」

浄三は、目を通していた書面から顔を上げると、穏やかな表情で答えた。

「帝（淳仁）に申し上げまして紀寺には、正式の勅使を派遣していただきました。これで紀寺側も、納得したようです。太政様のご聖断を仰がねば、今もって是非の判断が付きかねておりました。私も年を取ったものだと、恥じ入っております」

「確かに良賤に関しての訴え事は、厄介なものにございますな」

言い終えて仲麻呂は、淳仁のいる中宮院へ向かった。そこには仲麻呂の長男訓儒麻呂《くすまろ》が常に控えていた。今頼れる者は、藤原恵美家の者に限られていた。その道すがら仲麻呂は、自らに語りかけていた。

「小娘と思って油断をしておった。このままでは太政官も、あの女の手に落ちるかもしれん。それだけに何としても、御璽と駅鈴だけは……」

苦渋の表情で呟く仲麻呂には、その後に続く言葉が浮かんでこなかった。

紀寺への勅裁《ちょくさい》から数日後、良民となった益人には、紀朝臣益麻呂《きのあそんますまろ》という名が与えられた。その益麻呂が、妻女の益女《ますめ》を伴って、孝謙の在所法華寺に御礼伺いに参上した。

「この度は、誠に有難い御聖断を賜りまして、私をはじめ、良民となったすべての者たちが喜んでおります。この上は太政様の御ために、何かお役に立てればと思っております」

「そんなに有難がることもあるまい。本来ならば賤民などに、貶められることなどなかったのだから」

観世音坐像を背にしてゆったりと構えた孝謙。益麻呂の斜め後ろに座した妻女の益女は、孝謙の言葉を、感に堪えない思いで承り、容易に顔を上げ得なかった。

世俗の芥などにまみれて生きてきた彼女にとって孝謙は、天から遣わされた神霊の化身のように思えた。そんな益女も、やっと伏し目勝ちに孝謙を見上げた。そして己が心に感じた思いを言上した。

「太政様のお姿を拝見致しておりますと、何やら神々しい霊気が感じられます」

「お前は陰陽の技を、心得ておるのか」

「特別に学んだことなどはございません。ただ子供の頃から、月や星空を眺めることが好きでございました。そんな中で、お寺の修行僧の方々より、月や星座にまつわる話などを教えていただきました」

益女の話を聞きながら孝謙の心には、東宮学士であった真備の教えてくれた、暦の話が思い出された。

「月の朔望によってひと月というものが決められ、日輪の強弱によって一年が決められております。暦はこのようにして、作り上げられたものでございます」

いつものように穏やかに語りかける真備は、自らが唐から持ち帰った天文観測の器材を使って、月や星を孝謙の目に、鮮やかに映じてくれた。

〝その真備は、もうすぐ孝謙の元に戻ってくる〟

孝謙は益女に語りかけた。

「戒律を授けられた僧ともなれば、月や星のことだけではなく、暦や楽器など様々な知識を持ち合わせていよう」

語りながら、思わず孝謙の頬が緩んだ。益女は孝謙の微笑を見て、話の続きを始めた。

「私は楽器などには全くの不案内でございますが、月や星については興味がございます。今では私なりに、月の満ち欠けや星の動きから、今の世の移ろいや在り方、それに人の辿る運命などを、思い描くようになりました。私めの未熟な技が、少しでも太政様のお役に立ちますならば、こんなに嬉しいことはございません」

益女は一気に喋り終えると、再び平伏をした。

「ならば今私に漂う霊気とやらが、今後更に広がるように、祈ってくれ」

益麻呂と益女の二人は畏まって承り、法華寺を退出していった。

孝謙は母光明子の死後、自らの居場所が見出せなくなっていた。太政天皇としてどうあれば良いのかが、分からなくなっていた。或るとき広虫と語り合う中で孝謙の心に、自らを客観視するゆとりが生まれていた。そして気づいた。

〝自分は仲麻呂という狡猾さに長けた一人の男によって、巧みに操られてきたのだと〟

かつて孝謙は、師真備が再び遣唐副使として派遣されることが決まった時、父聖武を意のままに操る仲麻呂に嫌悪感を抱き、

「仲麻呂、私は父のようにはいかぬぞ」

と心の中で叫んだことがあった。だが、所詮は孝謙も父聖武と同様に、仲麻呂の操り人形

に過ぎなかったことを、その時はっきりと自覚した。悔しかった。しかし同時に、自分を苛み続けてきた人生から、脱け出る方途を得た。

〝私は天皇としての責任を全うしようと、懸命に生きてきた。何一つ恥じ入ることなどない。もっと己に自信を持て〟

この経験を通して今、孝謙は自分の周りに集う人々の期待を、素直に受け入れるようになっていった。孝謙を中心とした人々の輪が、日ごとに大きくなっていった。

九

それからひと月ほど経った八月の初め、法華寺にある御所には、孝謙の側に足場を固めた者たちが集った。大納言藤原永手、参議石川豊成、少僧都道鏡、それに弟で先頃授刀衛《じゅとうえ》少志となった弓削浄人《ゆげのきよひと》、そして孝謙からのたっての願いを受けた、造東大寺長官の吉備真備という顔ぶれであった。話し合いの冒頭、孝謙は今の思いを語った。

「今年もまた旱《ひでり》による害が、広がろうとしている。このような時に、新羅との戦を考えることなどもっての外のこと。内政への手立てを考えることこそが肝要である」

孝謙の言葉を受けて、永手が述べた。

「旱魃の害をこれ以上広げぬためにも、今は造池が急務と考えます。畿内を手始めに、早急に溜池を造る必要があると思っております」

隣席の豊成が続いた。

「畿内ならば、まずは近江にございましょう。何せ淀の川が干上がれば、摂津や山城だけではなく、この大和の地にも被害が及びます」

「近江での造池となれば、淡海三船《おうみのみふね》殿が適任でございましょう」

道鏡が人選を述べた。これに対して永手は、懸念を口にした。

「確かに三船は造池の経験もあり、また近江との繋がりもある。しかし先頃美作守《みまさかのかみ》に任じられたばかり。彼の律儀な人柄からすれば、任国へ趣くであろう」

「それ故に、三船殿の造池使任命は、急がねばならないと思います」

道鏡の揺るぎない姿勢に、弟浄人も加わった。

「何にしましても、わが方に御璽と駅鈴がないことが、悔やまれます」

それまで各々が述べる話に、注意深く聞き入っていた真備が、一瞬眉を顰めた。浄人は更に続けた。

「永手様を前にして申し上げ難いことではございますが、本日の集まりの重大さに鑑みまして、敢えて言上させていただきます」

「前置きのくどい男だな」

永手には珍しく、角のある物言いをした。出鼻を挫かれた浄人は、今一度孝謙に向かって平伏し、顔を上げると、語り出した。

「先々月授刀衛の長官でありました御楯様が、身罷られました。ご存知のように御楯様は、永手様の弟君ではございますが、仲麻呂様の娘婿という立場のお方でもございます。授刀衛の諸士からの人望もあり、授刀衛は仲麻呂様方に与《くみ》するものと思われておりました。しかし御楯様の死去によりまして、授刀衛も大きく様変わりを致しました。今では授刀衛の諸士は、太政様への忠誠心に満ちております。つい先頃授刀衛の少志に任ぜられましたこの私が申し上げますこと故、間違いはございません」

それまで黙していた真備が、話に加わった。

「私は長く大宰府に居り、都から遠く離れた彼の地から、この国の政《まつりごと》を見ておりました。そして今の帝（淳仁）がやっておられます政に、私は納得をしております。御璽と駅鈴という大権の所在については、我々役人風情が、口を挟む事柄ではないと思っておりますが、そのことで帝と事を構えることなど、断じてないように願っております」

座が一瞬白けた。そんな中、孝謙はかつての師に言い放った。

「私は今の帝を問題にしているのではない。今の帝の元にある二つの大権を、仲麻呂が、已が利のために使っていることを問題にしておるのだ。このような有りようは、亡き父上様も母様も、さぞや嘆かれておられることと思う。真備、そうは思わんか」

真備は平伏して承った。

座は重苦しさを脱した。透かさず道鏡が意見を述べた。

「帝のおわす中宮院の御所には、仲麻呂様の長男訓儒麻呂様や参議の中臣清麻呂様も常に控えておられると伺いました」

石川豊成は、合点した様子で呟いた。

「道理で今日此処に、清麻呂の姿がないわけだ」

そして豊成は、永手に尋ねた。

「永手様、真楯殿は本日如何なされましたか」

「体調が思わしくないようだ。幼少の頃から病弱な弟であった。しかし彼には彼なりに、太政様へのご奉公を、考えている筈だ。いずれにしても我ら藤原一族は、この国の御《おん》ために末永くお仕えして、お助け申し上げることを家訓と致しております。そんな中で仲麻呂様は、藤原恵美家の繁栄のみを、追い求められました。結果として先ほど太政様も申されましたように、天下の大権を、己が利のために使っておられます。このことに、太政官の多くの者が危惧しております。この上は、一刻も早くこの大権を、太政様の元へ取り戻すことこそ肝要かと思っております」

この日の集まりを終えて孝謙は、充分な手応えを感じ取っていた。

一つは、今後太政官を取り纏めるであろう藤原永手という男について。

〝人を惹きつけるほどの魅力には欠ける。発想にも斬新さがない。むしろうんざりするほどの手堅さだ。しかし太政官という官僚機構の長短を、知り尽くしている。それに常に冷静だ。役人たちを束ねていくには最良の男だ。あの者とはこれから先も、上手くやっていけそうだ。そして今一つは、律儀な真備が、融通の利かない実直さと共に、健在であったことだ。かつての精悍さは失われたとはいえ、真備には他に追随を許さないほどの軍事的才能が満ち溢れている。それも倦《う》むことなく積み重ねられてきた経験と共に。戦嫌《いくさ》いの私が、戦を楯にして、大権を我が物とした仲麻呂に仕掛けるのじゃ。負けるわけにはいかぬ〟

孝謙の腹は決まった。

集まりから五日後の八月十四日、淡海三船に造池使の任命が下った。三船は早々に近江国へ赴いた。

二十日後の九月四日、大納言文屋浄三が致仕《ちし》*願いを上表して認められ、藤原永手が太政官の筆頭になった。

こうして孝謙の打ち出した方策が、思い描いた通りに、結実していった。

ひと月ほど前に益女が感じ取った孝謙の霊気が、今では大きな広がりとなって、仲麻呂派の者たちをも、取り込んでいった。

浄三の致仕から数日を経た昼下がり、孝謙の御所に、一人の密告者が出頭した。名を大《おお》

＊致仕：七十歳になれば、官職を退いて引退をすることを、願い出ることが出来る。

津大浦《つおおうら》と言い、陰陽に携わる家柄で、仲麻呂からも信頼を得ていた。御所の南庭に控えた大浦に、階《きだはし》の上から参議石川豊成が声をかけた。

「陰陽師の大津大浦が、何用あって太政様の御所へ参った」

大浦は平伏の後、言上した。

「先日太政大臣仲麻呂様より私めに、吉凶を占うようにと、お話がございました」

「その占いとは、一体どのようなものか」

大浦は単刀直入に答えた。

「太政様を弑逆《しいぎゃく》＊する日を、占えとの仰せにございました」

「それを聞いて、お前はどうした」

大浦は暫く考えた後、慎重に語りだした。

「仲麻呂様には、かように申し上げました。『弑逆は大罪にございます。そのような占いなどは、出来かねます。仲麻呂様もそのような思いは、断たれるべきです』と。すると仲麻呂様は急にお笑いになって、『冗談じゃ。戯れに申した事。忘れてくれ。御楯（娘婿）が亡くなって授刀衛の長官の人事などで、近頃のワシはよく眠っておらんのだ。そんな自分に喝を入れようとして、存外馬鹿なことを言ってしまった。お前には心配を掛けた』と申されまして、寂しそうにお笑いになっておられました」

「それで密訴をしたお前は、これからどうするつもりだ。この御所に留まるか」

「滅相もございません。私の住まいには家族がおります。これでも私は、一家の主でございます」

「一家の主とは、良い言葉じゃ」

気が付くと、豊成の少し後ろに、孝謙がいた。大浦は驚くと共に、慌てて平伏をした。

孝謙は続けた。

「私には一家と呼べるものが、なくなってしまった。羨ましいやつじゃ。家族を大切にな」

やっと顔を上げた大浦は、緊張気味に答えた。

「有り難き御言葉、家の誉れと致します。それと敢えて言上させていただきます。太政様はこの国に生きる我らの、御母上様にございます」

言い終えて大浦は、再び深く平伏した。

＊弑逆：主君を殺す大罪。

それから暫くして、大浦は退出していった。御所には豊成の他、道鏡・浄人兄弟に加えて、参議の中臣清麻呂が侍っていた。そんな中で浄人は道鏡に告げた。

「仲麻呂の謀反が明白となった今、直ちに中宮院へ押し込み、御璽と駅鈴を我が方へ、奪い取りましょうぞ」

「今しばらく待て」

道鏡はゆったりと答えた。腑に落ちない風の浄人は、兄を叱咤した。

「何を躊躇《ためら》っておられるのですか」

「躊躇っておるのではない。相手方からの、更なる密告の訴人を待っておるのだ」

浄人は一瞬、唖然とした。道鏡は説法宜しく、弟に語りかけた。

「今は出来る限り、相手方の力を削いでおくことが大切だ」

浄人は合点をした様子で答えた。

「兄上は戦上手《いくさじょうず》にございますな」

「戦上手で申しておるのではない。ワシも仏に仕える身。命の遣り取りは、少ないに越したことはない。これは太政様のお考えに基づくものだ」

聞き終えて浄人は、玉座の孝謙に向かって平伏をした。道鏡の対面に座した中臣清麻呂も同様に、平伏をした。

それから二日後、大外記《だいげき》高丘比良麻呂《たかおかのひらまろ》が孝謙の御所に、密訴を願い出た。仲麻呂が太政官印を私的に流用して、自らの兵力の増強を計っているとの訴えであった。孝謙は直ちに主だった者たちの召集を命じた。

半時後、異様なまでの熱気に包まれた諸氏や諸士たちを前にして、孝謙は己が心の内を告げた。

「仲麻呂の謀反が明白となった。謀反はこの国と、そこに生きるすべての者たちに対する大罪である。逆賊仲麻呂に、鉄槌を下さねばならぬ」

続いて大納言藤原永手が、みんなの前に立った。

「先程太政様は、太政官印を私的に用いて、自らの兵力増強を計った仲麻呂とその一味の冠位を、すべて剥奪する旨の口勅《こうちょく》を発せられました。そこで我ら太政官一同は、逆臣仲麻呂とその一味をことごとく打ち平らげて、平穏な御世を取り戻すことを誓いました。どうか方々にも、我らに合力していただくようお願い申し上げる」

ここで言葉を置いた永手は、御所内の諸氏とその南庭に控えた諸士に目を遣った。そしてみんなの気概が一致していることを確認すると、更に続けた。

「今何よりも肝要なことは、中宮院にある御璽と駅鈴を、太政様の元へ取り戻すこと。そこで少納言山村王《やまむらおおきみ》に命を発す。そなたは太政様の御名代として、これより直ちに中宮院へ参り、二つの大権を太政様の元へ持参せよ」

山村王は畏まって言上した。

「太政様の御命令を、謹んでお受け致します。私めはこれより中宮院へ参り、この身に換えましても、必ずや二つの大権を、太政様の元に持参仕ります」

次に永手は、弟の真楯に告げた。

「藤原真楯、そなたを授刀衛の長官に任命する」

拝命する真楯は、すでに甲冑姿であった。先頃まで病床にあった彼の拝命姿に、御所内の気概は更に高まった。

最後に今一度、孝謙はみんなの前に立った。

「今ここに参集された方々に申し上げる。この国は、我らとそなたたちの祖先が、心を一つにして、築き上げてきたものである。それを今仲麻呂は、己が一族のみで取り仕切ろうとしている。これを断じて許してはならぬ。よいか」

御所内は、打って一丸となった。

それからいっ時の後、授刀衛の軍事力を背景に、少納言山村王は二つの大権を、孝謙の元へ持参した。

一方大権を奪われ、更に授刀衛の将兵によって長男訓儒麻呂を討たれた仲麻呂は、一族が支配する任国へ向けて落ちていった。

十

二つの大権を手中にした孝謙の御所では、正殿内の一方で、数名の書記官たちが、孝謙の口勅の清書に余念がなかった。そしてもう一方には、畿内の地図が広げられていた。そこには地図を取り囲むように、吉備真備や授刀衛の長官真楯、追討将軍藤原式家《ふじわらしきけ》の蔵下麻《くらじま》呂《ろ》、それに佐伯・石川・中臣・阿倍などの諸氏が控えていた。これらの諸氏は古来よりの名家でありながら、仲麻呂の政権運営の煽りを受けて、家の存続が危機に瀕していた。彼らにとってこの戦は、我が事であった。そんな彼らにとって、真備の指し示す軍略への期待は、嫌が上にも高まっていた。

そんな中、真備は徐《おもむろ》に語りだした。

「仲麻呂様は余程慌てられたのか、中宮院におわす帝を同道せずに、北に向かって敗走されました。まずは近江へ向かわれたものと思われます。そこで太政様の勅書を携えた追討隊は、全員百名の騎馬隊にて宇治田原の脇道を抜けて、一気に近江への入り口勢田へ向かう。おそらく仲麻呂様一行より、二日ほど早く到着出来る筈。そこで近江国造池使の淡海三船殿と合力をして、勢田の橋を焼き落とすこと。近江国へ行けぬとなれば仲麻呂様一行は、越前を目指すのは必定。そこで三十名の騎馬隊を残し、七十名で湖の東岸沿いを進み、愛発関《あらちのせき》を押さえて仲麻呂様一行を、越前へは一歩も入れぬこと。蔵下麻呂殿の追討本隊は、これから北に向かって進まれると、六日か七日後には仲麻呂様一行と出会うこととなりましょう。決戦の地は湖の西岸三尾《みお》辺りかと思われます」

真備の描き出す軍略の鮮やかさに、居並んだ諸氏は息を呑み、正殿内は水を打ったような静けさに満ちた。

その真備も僅か八ヶ月前には、年齢を理由とした、致仕願いを上申していた。今その真備が見せる発剌とした姿に、孝謙は呟いた。

「仲麻呂様、仲麻呂様と、実に律儀な御仁じゃ」

孝謙は半ば呆れ気味に、そして半ば満足気にほくそ笑んだ。

戦闘は真備が思い描いた通りに推移した。勢田の橋を焼き落とされて、近江への入国が叶わなくなった仲麻呂一行は北へと転じ、越前を目指した。しかし家族を伴った一行の動きは鈍く、越前の入り口愛発関に着いた時には、仲麻呂の息子で越前国守の辛加知《からかち》は、騎馬追討隊によって斬られていた。そして関も内側より、固められていた。

行き悩んだ仲麻呂一行は、やがて追い詰められて、湖の西岸三尾の地で、最後の戦に臨んだ。

九月十八日昼前から始まった戦闘は、双方白兵戦の様相を呈した。しかし戦いが始まっていっ時ほどした頃、蔵下麻呂率いる追討本隊が合流して、戦の趨勢は決した。仲麻呂は捕えられて斬られ、その家族も、一人の出家僧を除き、ことごとく処刑された。

ここに仲麻呂の逆謀は潰え、藤原恵美家は滅亡した。

仲麻呂の乱収束から数日後、孝謙の御所は、諸氏や諸士たちの昇叙に湧きかえっていた。中でも道鏡の大臣禅師就任は、異例の出来事であった。僧侶である道鏡が、役人の頂点である大臣の地位に就く事に、様々な憶測が飛び交った。そして弟弓削浄人の十四階跳び越しての従四位下の特進と合わせて、異例ずくめの昇叙に、この先の不吉なものを感じ取る者が相次いだ。恵美家一族の繁栄に、臍《ほぞ》を噛んできた諸氏の中には、

〝恵美家から弓削家への譲位〟

と囁き合う姿も見られた。

それから数日後、東大寺で作業に励んでいた雀部道奥《ささべのみちのく》は、〝明日朝堂に参集せよ〟との伝言を受けた。

翌日彼は朝堂にて、大納言吉備真備《きびのまきび》から、十月二日の昇叙の儀で、貴族と呼ばれる従五位下の位階が与えられるという内定を知らされた。その日の昼過ぎ、朱雀門を潜り出る道奥の顔は、上気していた。

道奥は七条にある住まいへ戻ると、早速この僥倖を、家族に伝えた。そして住まいの一角に設えた持仏堂で、父道行の御霊に報告をした。

〝もしあの折（主の藤原房前《ふじわらのふささき》の死去）、父が九条にあった住まいの半分を売却した金で続労銭を納めていなければ、従五位下への昇叙の話など、今の自分にはなかったであろう。それだけに今少しの余命があれば、この僥倖を直接に、お伝え出来たのに〟

そう呟く道奥の脳裏に、父との思い出が甦った。

白丁として、初めて宮内の役所を見て回ったとき、はにかみながらも父は、各役所の説明を始めた。その必死の息遣いに息苦しさを覚えた道奥は、白壁と朱塗り柱に魅せられたように振舞っていた。父と息子はお互いを思い遣って、その場にいた。今懐かしさと共に父道行が、自分にとってどれほど掛け替えのない存在であったのかが思い知られて、道奥の感情は昂った。

道奥たちの昇叙の儀から程なく、中宮院の帝に、仕置きがなされた。淳仁は帝位を剥奪されて、淡路島への幽閉の身となった。そして孝謙が再び帝位に就いた。称徳天皇の誕生であった。しかし十五年前に、帝位に就いた時とは違っていた。太政天皇も皇太后もいない。だが今の孝謙に、不安や寂しさなどはなかった。むしろ今の自分の思いを、どこまでも追い求めることが出来る環境に、喜びを感じ取っていた。

叙位から暫くして道奥は、常陸介《ひたちのすけ》となって任国へ趣いた。翌正月の叙位において長男道智は、蔭位の特例により六つ特進して従七位下となり、帝（称徳）の側近くに仕える大舎人《おおとねり》となった。この吉報を道奥は、任国の簡素な官舎で知った。数ヶ月前の持仏堂での記憶が、道奥にはまざまざと思い浮かんだ。父道行への畏敬の念と共に、これまで出会ったすべての人たちに、感謝せずにはいられなかった。

〝これからも私心を捨てて、誠意をもって任務にあたり、職責を全うする〟

道奥は改めて心に誓った。だがそんな道奥の思いとは相容れない事態が、平城宮内で進行していた。仲麻呂の乱を鎮圧勝利した側の人々の間に、心の軋轢が生じていた。

そんな中にあって、自ら天皇に返り咲いた称徳は、かつてのひ弱さを乗り越えるべく、〝勇断〟をもって政にあたっていた。

十一

神護景雲《じんごけいうん》元年（七六七年）十月、道奥は三年間の任国での役目を終えて、平城の地へ帰還した。その翌早朝、帰朝報告のために、平城宮へ出向いた。各所への挨拶を終えて、昼を少し過ぎた頃道奥は、朱雀門を出て帰路に着いた。その道すがら、道奥の心は何故か重かった。

〝宮内の様子が変だ。何故かお互いがよそよそしい。これは自分の思い過ごしだろうか〟

七条の住まいの広間には、一族の者や従者・下僕の者たち、それに下働きの女たちが集い、道奥の無事の帰還を祝った。やがて宴も終わり散会すると、道奥は道智を自室に呼び寄せた。三年前よりも更に逞しくなった長男と向き合った道奥は、大舎人になったことへの祝いと、励ましを口にした。

「大舎人となれて良かったな。だが帝は、自分の思いを率直に言葉にされるお方だ。お側近くに侍《はべ》る時は、常に緊張感を絶やさぬようにな」

そう言った後道奥は、それとなく息子に問いかけた。

「ところで宮内では皆様方、お変わりはなかったか」

父の問いかけを受け止めた道智は、俯いて暫し瞑目した。

庭内の木々に吹きつける木枯らしが、漆黒の闇の中で叫びあっていた。

神護景雲三年（七六九年）九月初め、太宰主神《だざいかんずかさ》より宇佐八幡の神託が、都へもたらされた。

〝道鏡を天皇位就かせれば、天下は泰平である〟

今の称徳にとって道鏡は、父聖武以上に、心の支えとなっていた。未婚でもあり、常に後継者問題を抱えてきた称徳にとっては、この上もない奏上であった。次の日称徳は、全幅の信頼を寄せる法均尼を召し出した。

久しぶりに御所へ伺候した法均尼は、玉座の称徳の前で、頭を深く垂れた。称徳に五年前の思い出が甦った。

仲麻呂の乱に勝利した称徳は、乱後の賞罰に臨んだ。道鏡や真備などへの昇叙とは反対に、仲麻呂に与した者たちへは、斬刑や配流そして冠位剥奪など、厳しい処分が言い渡された。そんな中にあって法均尼は、仲麻呂派罪人の助命嘆願を奏上すると共に、乱後の孤児たちの支援にも奔走した。

〝どのような時であっても、生命《いのち》が軽んじられることがあってはならない〟

法均尼の強い意志が、迸《ほとばし》り出ていた。

〝あの泣き虫のどこに、こんな頑なさが備わっているのか〟

称徳は同じ女性として、そんな法均尼の生き様を、羨ましさと恨めしさの入り混じった感慨で受け止めていた。

深く頭を垂れた後、法均尼は静かに言上した。

「私にとって宇佐八幡までは、長い道のりでございます。そのために万が一にも、帝より承ったお役目を、充分に果たせなくなることがあっては、大不忠にございます。私に代わって、弟の清麻呂へ仰せいただければ、幸いにございます」

法均尼の弟和気清麻呂――先の仲麻呂の乱における功績が認められて、三年前（七六六年）に従五位下という位階に昇進して、貴族に列せられていた。三十四歳という年齢でこの位階に達することは、地方豪族の子弟としては、異例の出世であった。

玉座の称徳は、即座に法均尼の言を受け入れた。

太宰主神によってもたらされた神託というさざ波は、宮内だけではなく今では、平城京全体を飲み込む大波となっていた。

二年前に常陸国の赴任から帰館していた道奥も、神託の一件は聞き及んでいた。それだけに道奥の足は、更なる任官を求めて宮内に向かうこともなく、京内にある寺社仏閣に向かう日々が続いていた。この日も昼過ぎに道奥は、訪れていた寺の門を潜り出た。しかしその表情には、疲労の色がありありと見えた。

〝自分はいつまでこんな彷徨を、続けているのだろうか〟

道奥は三十年ほど前の、恭仁・紫香楽・難波と、五年余に亘った彷徨の日々を思い出していた。

〝あの時は勅命であった。しかし今のオレは、自らの内に生じた厭世観によって、日々彷徨っているに過ぎないのだ〟

寺社の本尊を拝した道奥の心の中には、空しさだけが漂っていた。

道奥が帰館すると、真っ先に妻が出迎えた。

「あなた、先程道智が、久しぶりに御所より下ってきました。今日はいつもより早目の食事としましょう」

そう言うと、妻は厨へ向かった。

夕餉は道奥夫妻と息子道智夫妻、それにその子供たち三世代が一同に会する、にぎやかで楽しいものであった。父道行がそうであったように、道奥も家族への思い遣りを大切にしてきた。そんな雀部家の一家団欒は、思いのほか時が早く過ぎていくように思われた。各々が部屋へ引き上げる時、子供たちは不満顔を見せた。道智は父に

「後で部屋に伺います」

とだけ告げて、子供たちと共に下がって行った。道智は今も称徳の身近にあって、雑用をこなしていた。そのために、様々な事情を知り得ることもあった。しかし幼少の頃から父の背中を見て育ってきた道智には、安易に事を口外することなどなかった。それだけにこのあと、道奥の部屋で道智が、何を語り出すのか、不安な気持ちに駆られた。

小半時後、こぢんまりとした部屋で父と息子は、二人っきりで向き合った。やがて道智は、宮内で知り得た宇佐八幡の神託について語りだした。黙って聞き入っていた道奥の表情は、次第に苦悩に満ちていった。

道智が部屋から下がっていって、一人になった道奥は、珍しく杯を重ねた。

「いずれは道鏡天皇の下で、大臣さえ射止めることが出来るだろう。これであの男の将来は、順風満帆だ」

などといった和気清麻呂《わけのきよまろ》への妬みの感情は、取るに足らないことであった。そんなことよりも道奥には、大恩ある称徳に、言い知れない歯痒さを感じていた。

〝思い直していただきたい〟

道奥は更に考えをめぐらした。

〝もし道鏡天皇の御世ともなれば、自分は役目を引退する。年齢《とし》も六十に手の届く身でもある。この後自分の仕える帝は、称徳帝唯一人である。今更新たな帝に仕える気持ちなど、持ち合わせてはいない。それも十年ほど前には、看病禅師に過ぎなかった者などに……〟

道奥の腹は決まった。しかし同時に道奥には、親としての負い目にも似た躊躇いが生じていた。

〝この国の行く末は、どうなるのだろうか。息子や孫が生きるこれからの世に、ワシは黙って引き下がって、それで良いのだろうか〟

膳の上に置かれた瓶は、すでに空であった。

十二

それから二日経った朝、和気清麻呂は、姉法均尼が孤児たちと暮らす寺を久しぶりに訪れた。前回訪れたのは、清麻呂が従五位下に昇叙となった報告の時であった。あれから三年が経っていた。

清麻呂は綺麗に掃き清められた境内を、ゆっくりと庫裏《くり》の方へ進んだ。

〝今日も早朝から姉は、子供たちと共に一塊になって、境内の隅々まで清掃に励んだのだろう〟

清麻呂は思わず溜息をついた。庫裏に通された清麻呂は、そこに置かれた雑多な秋の恵みを見た。

「これは子供たちが採ってきたものです。今日の夕餉は、楽しくなりそうです」

法均尼は声を弾ませて、対座した弟に語りかけた。やがて桑の葉を煎じた飲み物を、弟の前に差し出した。清麻呂は、〝またか〟と思ったが、〝ままよ〟と一気に飲み干した。法均尼は穏やかに尋ねた。

「お味はいかがですか」

「はあ」

と清麻呂は曖昧に答えたが、次の言葉がすぐには思い浮かばなかった。法均尼は微笑んで、

「あなたは本当に正直者ですね。世間では〝馬鹿正直〟などと言う嫌な言葉が流行っているようですが、正直であることほど素晴らしいことはありません」

事もなげにそう言い切る法均尼に、清麻呂はこれまでの日々を思い返した。

「子供の頃の姉さんは、泣き虫でしたね」

弟の言葉に法均尼は、懐かしそうに目を細めた。

「私は小さい頃から我慢をするということが、大の苦手でした。悲しいから泣く、楽しいから笑う。それでいいのではないですか。お蔭で後悔という心の重荷を背負い込むこともなく、心安らかに生きてこられました」

法均尼は己が生き様を淡々と語り終えると、今度は弟清麻呂の幼少期の思い出を語り出した。

「あなたは子供の頃から正義感があって、本当に素晴らしい弟でした。でもその一方で、すごく強情なところがあって、父上も母上も大層困っておられました」

清麻呂は苦笑しながら応じた。

「正しいと思ったことを、他人に説明することが面倒で、打っちゃっておくことが多かったものですから」

「他人が自分をどのように評価しようとも、自分は自分、我関せずですね。あなたらしい潔い生き方だと思います。しかし父上も母上もこの世の中が、潔さだけで渡っていけるほど単純には出来ていないことを、よくご存知でした。それだけにあなたには、世渡りの技の一つも身につけてほしいものだと、思い悩んでおられたようです。そのことで、早くに平城の宮に出仕していた私に、相談に見えたこともありました」

「私はとんでもない親不孝者だったのですね」

心の内を見透かされたようで、清麻呂は項《うなじ》をボリボリと掻きながら答えた。そんな弟を見つめていた法均尼は、様子を改めて語りかけた。

「正直で潔いことは、とても素晴らしいあなたの特質です。でもあなたは、自分一人で納得をして、事を進めることがよくあります。あなたは覚えておいでか。少領の娘津禰《つね》のことを」

そこまで言って法均尼は、一呼吸置いた。清麻呂は備前国の山河を、思い浮かべていた。

「父上は、あなたの一本気な性格を心配されて、兵衛として都へ勤めさせることに、躊躇っておられました。そこで少領の娘津禰を、采女として差し出す決心をされたと聞いておりました」

清麻呂は十歳の時に、姉広虫との別離を経験した。

その日広虫は、采女として後宮に仕えるために、郡衙《ぐんが》を出立した。もう戻って来ることのない姉の後ろ姿を、清麻呂はいつまでも見送っていた。

当時地方豪族には、服属儀礼の一つとして、采女または兵衛を都へ差し出すことが義務付けられていた。

姉の出立の日から清麻呂は、毎日山河を駆け巡り、疲れ果てて帰館した。そんな時津禰は、いつも館の門口に立って、清麻呂を迎えた。やがて津禰は清麻呂にとって、新たな妹のような存在になっていった。

四年後その津禰も、采女として都へ貢上されるとの噂が取り沙汰された。清麻呂は兵衛となって、都で仕えることを父に告げた。父は反対した。しかし清麻呂は、粘り強く父を説得した。

「あなたは津禰を、都へ差し出させまいと、自ら兵衛になることを、父上に申し上げたのですね。でもその思いを、何故津禰にはっきりと、伝えなかったのですか。もしそうしていればあの娘は、今のあなたの人生に、係りをもっていたかもしれなかったのに。あなたは自分の独り合点で、あの娘がもっていた人生の可能性を、封じ込めてしまったのかもしれません」

清麻呂は都へ出立する朝、見送る人たちの中に、ジッと自分を見つめている津禰の視線を、強く感じていた。清麻呂は津禰に向かって笑顔で黙礼をすると、振り返ることもなく都を目指した。

法均尼は続けた。

「あなたも今では、六人の子を持つ父親。津禰も郡衙の役人の女房となっています。今となっては、今更の感がありますが……。でもあなたの独り合点は、私には気懸かりでなりません」

法均尼は、宇佐八播への役目を弟に委ねたことに、後悔の念を抱いていた。

〝しかし国の行く末に係るこの役目に、弟以外の誰が適任だと言うのか〟

暫しの間姉弟は、目の前に置かれた秋の恵みを、ぼんやりと見つめていた。

そんな中、庫裏の入り口から一人の少年と二人の女児が入ってきた。女児二人は法均尼を見てにっこりと微笑むと、各々端切れに詰め込んだ栗を、雑多な秋の恵みの横に並べ置いた。少年はひょいと板の間に上がると、腰紐を外した。途端に腰紐の内側に結わえ入れられていた栗が、ザッと音を立てて、板の間に転がった。女児二人は、転がった栗を急いで拾い集めて、同様に並べ置いた。法均尼は少年を見て、笑顔で言った。

「建《たける》、早く腰紐を閉め直して、服を整えなさい。でないと風邪を引きますよ」

少年はサッと土間へ下りると、腰紐を閉め直しながら出て行った。女児二人は対座した清麻呂を見て、ちょこっと頭を下げると、少年の後を追った。

子供たちのお蔭で、姉弟二人の間に、穏やかな空気が流れ込んだ。透かさず法均尼は、子供たちの残り香をいとおしむように、語りかけた。

「あの児たちは、たとえ僅かな物でも、みんなと分け合って食べたいのです。それがとても楽しいことを、よく分かっているのです」

清麻呂は女児二人の後ろ姿を、ぼんやりと眺めて言った。

「姉さんはあの子供たちを、どうするお積りですか」

「それは、あの子たち自らが決めることです。私に出来ることは、生きていくための知恵や知識を与えてやること。それと丈夫な身体をつくってやること。それが私の務めです」

法均尼は何の気負いもなく、そう言った。それから半時ほど語らって、清麻呂は姉の元を辞去した。

緑に彩られた参道を、ゆっくりと踏み締めながら、清麻呂は呟いた。

〝独り合点か〟

それから清麻呂は、二日前の宮内正殿を思い浮かべた。

その日玉座に在った称徳は、穏やかに清麻呂へ声をかけた。

「清麻呂、宇佐八幡へ行き、神託の中身を確かめて参れ」

その場には、法王の道鏡を始めとして、公卿たちが居並んでいた。清麻呂は、畏まって承った。

ここまでを思い浮かべると、清麻呂は立ち止まり、徐《おもむろ》に振り返った。そして南門の更に向こうにある庫裏の方を見遣って呟いた。

「姉さんは納得してくれるだろう。それに子供たちも」

清麻呂は大きく息をついた。これで腹は決まった。翌早朝清麻呂は、宇佐八幡に向けて出立した。

ひと月経った十月、宮内の正殿には、玉座の称徳を始め、道鏡や公卿たちが居並んでいた。清麻呂は正殿端に座していたが、促されて中央玉座近くに進んだ。称徳は穏やかな笑顔で、清麻呂を見つめた。左大臣藤原永手は玉座に一礼の後、静かに言い渡した。

「和気清麻呂、承った神託を奏上せよ」

清麻呂は平伏の後、奏上した。

「天皇の後継は、天皇家の者に限る。以上でございます」

再び平伏した後、ゆっくりと顔を上げて、称徳を仰ぎ見た。清麻呂の視界には、称徳唯一人しか居なかった。正殿内は暫しの間、静まり返った。称徳と清麻呂以外の者たちは、その静寂に耐えていた。やがて称徳は大きく溜息をつくと、

「わかりました」

とだけ答えて、玉座を去った。清麻呂は慇懃に平伏をして、容易に顔を上げようとはしなかった。極度の緊張感から開放された正殿内は、ざわついた。称徳に取り残されて心の支えを失った道鏡は、茫然として正殿から退出した。後に続く弟清人は、尚も平伏している清麻呂に、怒気に満ちた表情を浴びせて立ち去った。ややあって左大臣藤原永手は、尚

も平伏し続けている清麻呂に、言葉をかけた。

「お役目誠にご苦労様でした」

そして慇懃に頭を下げると、正殿内の公卿たちも一斉に、清麻呂に頭を下げた。

この日道奥は、他の貴族たちと共に、宮内の役所で待機していた。神託の中身が予期した通りであれば、この日は道鏡の立太子が決定して、道鏡天皇に向けての始まりとなる筈であった。しかし役所で待機していた道奥たちに伝えられた神託は、思いもかけないものであった。役所内は宮内正殿と同様に、静まり返った。道奥も、一瞬息を呑んだ。しかし次の瞬間ほっとした。そして安堵に満ちた思いが、道奥の全身を包んでいった。

昼少し前、道奥は朱雀門を出て帰路に着いた。その道すがら道奥は、一人物思いに耽っていた。

〝何故だ〟

自分でも説明のつかない感情に、馬上の道奥は戸惑っていた。

十三

道奥が七条三坊の住まいに帰館したのは、初冬の陽射しが西に傾きだした頃であった。道奥は自室に落ち着くと、急に寒気を覚えた。儀礼服を脱ぐと、妻が用意した綿の入ったお仕着せを羽織った。少しすると、妻が膳を運んできた。道奥の妻は、貴族の女房となった今でも、夫や自身の身の回りのことは、彼女自身がやっていた。

道奥は妻が注いだ杯を取り上げると、一気に飲み干した。ふうっと大きく息をつくと、傍らの妻を見た。妻は穏やかに頷くと、空になった杯に酒を注ぎ、下がって行った。道奥は、今度はゆっくりと飲み干すと、自ら酒を注ぎ入れた。部屋の内が少し薄暗くなってきた。しかし室内の陰影などは、どうでも良かった。今の道奥は、帰途の馬上での〝何故だ〟に向き合っていた。そして自分の心の闇に向かって問いかけた。

〝もし宇佐八幡への神託の使者に、自分が指名されていたならば、どのような報告をしただろうか。神の声など聞こえる筈もないなかでの報告が〟

道奥は心の闇の只中で、葛藤していた。

〝『天皇の後継は、道鏡に任せよ』それ以外の報告など、あり得る筈もない。そしてこの報告こそが、大恩ある称徳帝の御心にも叶うものだ。自分にそう言い聞かせながら、奏上したであろう〟

道奥はそんな自分に、嫌悪感さえ抱き始めていた。道奥は頭を大きく振ると、杯の酒を一気に飲み干した。そして心の闇から這い出すと、現実と向き合った。

ひと月前、息子道智と語り合い、この国の将来を憂いて、思い悩んでいた。しかし今、その憂いの元凶が、取り除かれたのだ。それも息子道智と、さほど年齢の変わらない者によって。道奥は清麻呂の、年齢《とし》に似合わぬ童顔を、思い出していた。

〝あの幼な顔の男のどこに、このような豪胆さが備わっているのだろうか〟

道奥と清麻呂は、仲麻呂の乱での功績が認められて、貴族の地位を得た。道奥は十八歳で白丁として雑用をこなして、その後式部省傘下の役人となった。周りの者からの信頼を得て、地道に一歩ずつ位階を登ってきた。一方の清麻呂は、在地の長官を父に持ち、上京して兵衛として兵部省傘下の役人となった。三つ年上に姉の法均尼がいた。道奥から見て、羨ましい環境であった。貴族の列に加わったのも、三十四歳という若さであった。

〝この恵まれた環境の中にあって何故！〟

この日道奥は、現実と心の闇の間を、往きつ戻りつしていた。

清麻呂による奏上があった日以降、称徳は誰にも会おうとはしなかった。このような時には、いつも法均尼を召し出したものであった。自分の洗《あら》い浚《ざら》いを知り尽くした彼女。自分ですら気付かない欠点を、見事に昇華させてくれた彼女。

〝今こそ私にはお前が必要なのだ。指呼の間にあって、何故私の元に来ないのだ。機嫌伺いでよいのだ。世間知らずで、融通の利かない弟の詫びをするために……〟

称徳の前に置かれた膳の上の杯は、空になっていた。

それから数日の後、弓削清人《ゆげのきよひと》が遣って来た。久しく称徳の顔を見ないことを、不安に思っての出仕であった。しかし今の称徳には、余り会いたくない一人であった。だが大納言という公卿に任命したのは称徳自身であった。清人は平伏の後、兄道鏡の思いを言上した。

「兄はここ数日来、帝に対して申し訳がなかったと、大層悔やんでおります。只今は臥せっておりますので、兄の言葉をどうしてもお伝えしたく、参上致しました」

ここで一度言葉を置いた浄人は、軽く会釈をして間合いを計った後、兄道鏡の言葉を言上した。

「兄は私にこう申しました。『今回の事態の責任は、すべて私にございます。私めに、帝のような人徳がなかったことが、悔やまれます。私の不徳で帝には、大変なご迷惑をおかけ致しました。ご容赦のほどお願い申し上げます』とのことにございます」

称徳は清人に告げた。

「そんなに気に掛けることはない。充分に養生をして、出仕をするように」

とだけ答えて下がらせた。玉座の称徳は、だだっ広い正殿内を眺めて、思わず呟いた。

「あの清人でさえ出来るような言上を、あの泣き虫は、何故やろうとはしないのか」

宇佐八幡の神託奏上から十日、和気清麻呂は六条にある自分の館に、引き籠っていた。今回の奏上で、いずれは下されるであろう処断に対してであった。

一方姉の法均尼はこの日、宮内の東隅に設えられたあずま屋に、召し出された。入り口に控えた法均尼は、奥の間に座した称徳に言上した。

「ご無沙汰致しております。帝には息災の御様子で、安堵致しております」

「そこでは話が遠い。もっと近くに参れ」

法均尼は促されるままに、称徳の前に置かれた膳の側まで進んだ。平伏の後、酒器を取り上げると、称徳の杯へ酒を注いだ。称徳は杯を取り上げると、ひと口含んで、ゆっくりと喉の奥へ流し込んだ。

「お前にこうして酌をしてもらうのも、久しぶりだな」

法均尼は黙って控えていた。

「寺の子供たちは、元気にしておるのか」

「お蔭を持ちまして、みんな健やかに育っております」

「そうか、それは何よりじゃ。子供は国の宝、何か不都合なことがあれば、何なりと申すが良い」

法均尼は平伏して承った。話が少し途切れた。称徳は杯に残った酒を飲み干して、ふっと息をついた。何故か心が落ちつかなかった。これまでであれば、側に侍っているだけで、心に安らぎを覚えた法均尼の存在が、今の称徳には、気まずさが漂う存在となっていた。

焦りを覚えた称徳は、空になった杯を膳に置くと、思い出したように法均尼に尋ねた。

「ところでお前の弟は、今どうしている」

「宇佐八幡から戻って以来、未だ会ったことがございません。今どのようにしているかは、存じておりません」

「そうか、会ってはおらんのか。それならばよい」

以前のように会話が弾まないことに、少し苛立ってきた。称徳は俯いたままで控えている法均尼を、まじまじと見つめた。そして言った。

「お前の弟は長旅で、神の声を聞き違えたのかもしれんな。何せ宇佐八幡までは、遠いのでな」

話しかけながら称徳は、いつしか膳の上の杯を取り上げていた。称徳は続けた。

「もし、もう一度宇佐へ行って確かめたければ広虫、お前も弟と共に出立してもよいが、如何じゃ」

法均尼は尚も黙して、顔を上げようとはしなかった。称徳が手にした空の杯が、小刻みに震え出した。そして痺れを切らしたように言った。

「広虫、何とか答えぬか」

言い終えた称徳は、己が心の重圧から、一瞬解き放たれた。

暫くして法均尼は、ゆっくりと顔を上げると、称徳を仰ぎ見た。そして畏まって言上した。

「私がこれまで心安らかに暮らしてこられましたのも、ひとえに帝のお蔭にございます。もうお側に侍ることは叶いませんが、帝がいつまでもお健やかでおられますことを、心よりお祈り申し上げげます」

まるで今生の別れにも似た返答に、称徳は一瞬たじろいだ。称徳の心の動揺をよそに、法均尼は言葉を継いだ。

「帝よりご援助を賜りましたお寺と、そこに集う子供たちは立派に育て上げ、いつの日か彼らが、帝のお役に立つことが出来ますように、力を尽くしてまいります」

法均尼はここまで言上して言葉を置くと、今一度平伏をして、更に言葉を継いだ。

「それと御酒につきましては、程々に召し上がられますように、何とぞお願い申し上げます」

言い終えて法均尼は、慇懃に平伏をした。

上座の称徳は、容易に顔を上げようとしない法均尼を、睨みつけていた。やがて己《おの》が心が平生に戻ると、称徳は昂然と言い放った。

「広虫、言うことはそれだけか」

尚も平伏し続ける法均尼へ更に、

「お前と弟の魂胆はよく分かった。二人して、よくもこの私を欺いたな。言うことがなければ、早々に下がれ。酒の飲み方について、お前から講釈を受けようとは思わぬ」

そして更に称徳は、今生の別辞を投げ返した。

「今後は私からの沙汰を待て」

法均尼は下がっていった。

だだっ広い奥の間に、一人取り残された称徳は、所在なげに、空になった杯を弄んでいた。やがて手から杯が転げ落ちて、鈍い音がした。物音を聞きつけて、一人の采女があずま屋の入り口に控えた。

「帝、何かございましたのでしょうか」

「茜、新しい杯だ」

称徳はそれだけを言うと、苛々しながら辺りを見回した。茜は他の采女に酒器と杯の用意を言いつけると、自らは称徳の側に侍った。酒器と杯が運ばれてきた。茜は隅に取り片づけた杯の破片を持っていかせると、自らは称徳の杯に酒を注いだ。

「茜、お前はよく気転の利く采女じゃ。泣き虫とは大違いじゃ」

称徳は注がれた酒を、一気に飲み干すと、大きく息をついた。称徳の心に渦巻いていた憤怒の炎が、瞬時に鎮まっていくのが分かった。

〝酒というものは、こんなにも心を癒してくれるものなのか〟

この後称徳は、酒という妙薬への依存から、抜け出せなくなっていった。


それから数日の後、称徳は正殿に召し出した公卿たちの前にいた。右大臣吉備真備が称徳の詔を読み上げた。

「神託は神託として承る。しかし道鏡法王に対して、礼節を欠いた神託を奏上した清麻呂には失望した。今後このような穢らわしい者が、私の目に映らぬように配流とせよ。私の側近くに仕えた広虫にも責任がある。共に配流とせよ」

神の言葉を承った称徳が、神の所業に怒りを露わにした。

詔《みことのり》の後、正殿から自室に戻った称徳には、冷静さが漂い始めていた。称徳は采女に、酒の用意を言いつけた。時を移さず膳が運ばれてきた。近頃称徳の酒量は、日ごとに増えていた。今も膳の上の杯を取り上げると、一気に飲み干した。ふーっと息をつくと、心が何とか落ち着いた。そんな中で称徳は、法均尼と清麻呂の配流について、思いを廻らしていた。

〝やはり配流は間違いであった。清麻呂は神の声を伝えただけなのだから。それに私は神をも越えた帝などと考えたこともない。鎮護国家の実現に邁進をした、聖武の娘なのだから。しかし私は帝だ。自らが決めたことには、その先頭に立たねば……〟

新たな酒器が運ばれてきて、空の杯に注がれた。注がれた酒を称徳は、ぼんやりと見つめていた。

〝もし此処に広虫がいれば、新たな酒器が運ばれて来ることなどなかっただろう。私がどんなに悪態をついてもじっと耐えて、新たな酒器を運ばせることなどは、なかっただろう〟

称徳の頬が一瞬歪んだ。そして堰を切ったように称徳は、酒を口に運んだ。更に別の新たな酒器と取り換えられて、采女が注ごうとした。称徳は彼女を睨みつけると、下がるように命じた。広い部屋に一人ぼっちとなった称徳は、自ら杯に注いだ。勢い余って酒が杯を溢れて、膳の上に広がった。称徳は杯の酒を一気に飲み干すと、膳の上にだらしなく広がった酒を見つめた。

「これで本当に一人ぼっちになった」

そう呟く称徳の目の前で、膳が大きく揺らいだ。その場に倒れた称徳は、やがて欠伸と共に寝息をたてていた。

十四

十月初め、その日は弟清麻呂に後れて姉の法均尼が、配流先の備後へ出立する当日であった。寺の庫裏には、僅かな供を連れた藤原雄田麻呂《ふじわらのおだまろ》がいた。雄田麻呂は、法均尼に語りかけた。

「法均尼様、備後には私の所領がございます。また在地の豪族などとも懇意にしております。もし彼の地で、行き届かないことでもございましたら、私の元にご一報いただければと思っております」

「気に掛けていただきまして、誠に有り難く思っております。しかし私のことなど、取るに足らぬことでございます。それよりも子供たちのことが、やはり気に掛かります。それと私などより余程遠国の、大隈へ配流となった弟には、申し訳なく思っています」

「法均尼様、この寺と子供たちについてはご安心下さい。法均尼様がお戻りになられるまで、この雄田麻呂が、一命をもってお守り致します」

法均尼は深々と頭を下げた。そしてじっと見つめている子供たちの瞳を心に刻んで、法均尼は小女一人を伴って寺を離れた。

法均尼が出立してひと月ほどが経った或る日、雄田麻呂は外出先から四条にある館に戻ってきた。館内の自室には、叔父の藤原永手が待っていた。前には相対して、膳が二つ置かれていた。

「雄田麻呂、今日はどこへ出掛けていた」

「法均尼様のお寺でございます」

永手は〝矢張り〟と口の中で呟くと、苦り切った表情となった。永手は従者を下がらせて二人きりになると、自ら酒器を取って、雄田麻呂の杯へ注いだ。

「あまりあの寺へは、近づかぬ方が身のためだぞ」

雄田麻呂は、納得出来ない様子で答えた。

「私は法均尼様に、約束を致しました。『この寺と子供たちは、私がお守りします』と」

永手は自らの杯にも、酒を注いだ。そして永手が杯に口をつけると、雄田麻呂も杯を取り上げた。

「雄田麻呂、お前の気持ちは分かる」

そこまで言って永手は、その後に続ける言葉に躊躇っていた。暫くして雄田麻呂が意見を述べた。

「永手様、法均尼様や清麻呂殿は、この国の救い人ではありませんか。過日清麻呂殿が帝に、神託を奏上された後、永手様以下公卿の方々が彼の者に対して、慇懃に頭を下げられたとお聞きしましたが」

「確かに救われた。しかし事はまだ流動的だ。最近も帝は、由義宮《ゆげのみや》＊へ行幸された」

永手は吐息と共に、杯に残った酒を、一気に呷《あお》った。そして反芻するように語りだした。

「我らが祖不比等《ふひと》公は、藤原という家を未来永劫に残すため、四家に分けられた。南家の仲麻呂殿の謀反があっても、他の三家が力を合わせて、南家が何とか立ち行くようにやってきた。お前の家（式家）でも広嗣殿が、先帝（聖武）の逆臣となったこともあった。

しかし蔵下麻呂の武勲もあり、それ相応にやってこられた。だがお互いに甘え合うことは禁物だ。そして用心することだ」

その後暫く語らって、永手は帰って行った。自室でただ一人となった雄田麻呂は、永手の残していった言葉を、思い起こしていた。

「お前は先程『清麻呂はこの国の救い人であり、ワシもその忠臣に感じ入って頭を下げた』と言ったな。だがその時のワシの気持ちが、お前に分かるか」

永手は真っ直ぐに雄田麻呂を見つめた。

雄田麻呂は伏し目勝ちに、永手の言葉を待った。やがて永手は、自嘲気味に語り出した。

「『何と手強い男なのか』咄嗟にワシはそう思った。帝の意に添わないことを奏上しておきながら、帝御一人にのみ語りかけている。周りの者など眼中にはなく、まるで神の使いでもあるかのように」

そこまで語って、雄田麻呂の注いだ酒を口に含んだ。ふっと息をつくと永手は、先程よりはさばけた調子で語り出した。

＊由義宮：近隣には道鏡の氏寺弓削寺がある。

「宇佐八幡へ出立する前に、あの男の腹は決まっていたのだろう。しかし……」

そこで永手は言葉を置いた。そして
〝自分のことは兎も角として、自分の一族に災いが及ぶことなどを、どのように考えていたのだろうか〟

自らに問いかけている永手を、雄田麻呂は訝しげに凝視していた。やがて永手の頬が、微かに歪んだ。そして永手には珍しく、戯れにも似た口調で言った。

「あの男は宇佐八幡で、本当に神の声を聞き出したのかもしれんな」

雄田麻呂はここまでを反芻してきて、大きく頭を振った。そして立ち上がると、膳を片づけるように告げた。

この後雄田麻呂自身が、寺を訪れることはなくなった。しかし初冬の或る日、雄田麻呂は自領のある備後に向けて、使者を送った。それから程なく、備後にある雄田麻呂の倉から大隅の清麻呂の元へ、食料等を届ける荷駄が出立した。

十五

その年の師走も近づいた或る日、雀部道奥は五条にある石上宅嗣《いそのかみのやかつぐ》の館を訪れた。常陸国への赴任を終えて、すでに二年が経過していた。宅嗣の自室に通された道奥は、平伏の後、早速用件を述べた。

「私も齢《よわい》六十になります。そろそろ役目を引退するのが良いのではないかと、思っております。本日は宅嗣様にご意見を承りたく存じまして、参上致しました」

そう言って道奥は、今一度平伏した。宅嗣は思案顔で問い返した。

「お前は大恩ある帝（称徳帝）に、生涯ご奉公をすると、言っていたのではないか」

道奥は自分に言い聞かせるように答えた。

「私にはもう、帝のお役に立てることなどないように思われます」

言い終えて道奥は、容易に顔を上げなかった。そんな道奥を見つめていた宅嗣は、穏やかに語りかけた。

「何をそんなに悩んでいるのだ。今お前の心に蟠《わだかま》っていることを、吐き出してしまえ。

気持ちが楽になるぞ」

しかし道奥は、尚も平伏したままであった。

少しして宅嗣は、言葉を継いだ。

「たとえそれが神託に係ることであってもな。今此処には、お前とワシの二人しか居らん」

ややあって道奥は顔を上げた。


冬の日差しは頼りな気で、時折吹きつける木枯らしで、大路の側溝には落ち葉が重なり合っていた。道奥は馬上にあって、妻が織った絁《あしぎぬ》*を首に巻いた。振り返ると彼方に朱雀門が、小さく見えた。

〝もう少しお仕えをしよう。大恩ある帝が、正しい判断を下されるまで。引退はそれからでも、遅くはないだろう。それにしても雄田麻呂様からの届け物は、もう大隅には着いたのだろうか〟

道奥は冬枯れの中を黙念と、駒を歩ませた。

神護景雲四年（七七〇年）六月、由義宮《ゆげのみや》から戻った称徳は、そのまま床に臥せってしまった。それから数日経った或る日、道奥は宅嗣の館へ赴くように、依頼を受けた。その日四条の宅嗣の館へ向かう道奥は、馬上で半年前の宅嗣との遣り取りを、思い浮かべていた。

「今此処には、お前とワシの二人しか居らん」

宅嗣の言葉に、道奥は顔を上げた。そして暫しの後道奥は、自身の生い立ちから語り出した。

「私は十八歳の時に父道行に伴われて平城宮に行き、白丁として様々なお役目に携わりました。そしてこれからは父と二人して、雀部の家を盛り立てていくことを、心に誓いました。お蔭をもちまして、従五位下という思いの外の位階まで与えていただきまして、帝を始め皆々様には、ただ感謝を申し上げるしかございません。この後は命ある限り、帝と皆々様のお役に立たなければとの思いで、ご奉公を考えておりました。しかし……」

道奥はそこで言葉を置いて、目を閉じた。その様子をじっと見守っていた宅嗣は、穏やかに切り出した。

＊絁：ふぞろいの太さの糸で織った粗末な絹布。

「今度の神託騒動について、お前はどのように考えているのだ」

豪胆な宅嗣の、道奥を思い遣った物言いに、道奥は腹を決めた。

「あの日私は他の方々と共に、役所で待機しておりました。そして清麻呂殿のあの奏上。瞬時にわが耳を疑った私も、次にはほっとして、やがては安堵の思いが、身体全体を駆け巡りました。『これでこの国は救われた』と。しかし帰宅の道すがら、『何故だ』という心の叫びに取り憑かれました。これ迄の私では、考えもしなかった心の叫びに向き合ったのでございます。そして私は今度の騒動を、わが身に置き換えて考えておりました。『もし私が宇佐八幡に派遣されていたならば、どのような奏上をしたのか。清麻呂殿と同様の奏上が出来たのだろうか』と。そして何度考えても返ってくる答えは、否《いな》でしかありませんでした。真面目にお仕えをしていれば、必ず正しい行いが出来ると信じてやってまいりました。しかし今度の騒動で、その信じてまいりましたものが、大きく揺らぎました。そこで私はこれまでの生き方を含めて、自身を見つめ直しました。そして自分なりに結論を得ました」

そこで一旦言葉を置くと、道奥は大きく息を吐いて、呼吸を整えた。そして続けた。

「私は真面目にお仕えをするということを隠れ蓑にして、大事な局面でも一度として、己が態度を鮮明にしたことなどございませんでした。私は小心者であり、狡猾な男であったことが今度のことでよく判りました。このような私が帝にお仕えを致しましても、お役に立つことなどございません。そのように思い至りましたので、引退のご相談に参った次第にございます」

言い終えて道奥は、深々と頭を下げた。豪胆な宅嗣にとっても、容易に言葉を掛け得なかった。二人の間を沈黙が支配した。ややあって宅嗣は語りかけた。

「お前は本当に律儀で、融通の利かない男だなあ」

宅嗣のやや斜な言い回しに、道奥の頬が僅かに緩んだ。宅嗣は続けた。

「そんなに思い詰めて考えていては、身が持たないではないか。それにもしワシに、宇佐八幡への派遣の話があったとしても、お前が考えた奏上と同じようなものであっただろう。人間とは、余程の人物を除けば、皆似たり寄ったりではないのか」

宅嗣は自嘲気味に、そう言った。道奥は生真面目に答えた。

「宅嗣様ならば、清麻呂殿と同じような奏上をなされたと思います。権勢の極みにあった仲麻呂様に造反の意志を鮮明にされて、結果として大宰府への左遷という目に遭われたお方ですから」

道奥が言い終わらないうちに、宅嗣は声を上げて笑った。そして
「ワシも若かったからな」

と当時を懐かしむように言った。

六月の焼け付くような陽射しの中、気が付くと馬上の道奥は、宅嗣館の門の前にいた。

道奥は半年前と同様に、宅嗣の自室に通された。道奥が入っていくと其処には、宅嗣以外に今一人の人物がいた。道奥は正面に座した人物を見て、即座に平身低頭の態となった。左大臣藤原永手がそこにいた。

「道奥、驚かせて悪かったなあ」

そう言って一呼吸の後、永手は更に語りかけた。

「京内切っての律儀で融通の利かない男に、どうしても会って見たかったのでな」

永手は心底楽しそうに語り終えると、部屋を出て行った。暫くして宅嗣は、尚も平伏している道奥に話しかけた。

「半年ほど前に我が館で、お前が自分の心情を正直に話したことがあったな。あの時ワシは『今の世に珍しいほどの実直な男がいたものだ。いやむしろ愚直というべきだ』と大

いに感じ入ってしまった。或る時機会があって永手様にお話をしたところ、本日の出会いとなったのだ」

ここ一番での豪胆さを備えた宅嗣は、同時に悪戯を見つけられて、言い訳に窮している子供のような無邪気さを持っていた。道奥は羨ましかった。やがて宅嗣は、称徳の容態について語り出した。

「帝は十日ほど前に、由義宮からお戻りになられて、床に就いてしまわれた。呂律もはっきりとはせず、側に侍る者も吉備由利《きびのゆり》様（真備の娘）以外は、用を成さないということだ。この分ではご快復も容易ではなく、白壁王《しらかべのおおきみ》様など御一門の皆様方も、ご心痛のようだ」

称徳は未婚であったが故に、立太子という課題が、常に取り沙汰されていた。今宅嗣の口から出た白壁王という名前。先祖を辿れば天智天皇に行き着く人物。藤原京・平城京という古代国家が、律令国家へと歩んで行くその頂点には、常に天武天皇の血を受け継いだ帝がいた。神託騒動を経て今、立太子問題が浮上していた。

道奥は宅嗣に尋ねた。

「帝のご様子は、如何なものでございましょう」

道奥の律儀なまでの、在り来りな問い掛けであった。宅嗣は暫く考えた後、沈痛な面持ちで答えた。

「このところ帝の召し上がられる御酒の量に、周りの者たちは困っていたようだ。これでは御体に差し障りが出るのではないかと、危惧していたようだ」

じっと聞き入っている道奥に、宅嗣は話を続けた。

「清麻呂殿と法均尼様を配流とされて以降、御酒の召し上がり方が、尋常ではなくなったようだ。御自分が下された決断で、御自分の心と身体を蝕んでしまわれるという結果となってしまった。おそらくもう新たな年を迎えられることも、お出来にはなるまい」

そして、

「立太子を急がねば、道鏡たちが巻き返してくるかもしれんな」

宅嗣は最後のひと言を、自分に言い聞かせるように呟いた。

宅嗣館からの帰途、馬上の道奥の心の中を、空しく風が吹き抜けていた。

〝大恩ある帝が、正しい判断を下されるまでは、お仕えしようと意気込んだこの半年。その帝が元の姿に立ち戻られることもなく、もうすぐお亡くなりになられようとは〟

夏の夕陽を浴びて、朱雀門《すざく》は健気に建っていた。平城宮の南の端、朱雀大路に面して建つその門は、六十余年に及ぶ政《まつりごと》の推移を、見つめ続けてきた。その中には、天然痘の大流行になす術もなく、恐れおののく人々が群れをなしていたこと。また帝が都を捨てて五年、彷徨の果てに平城宮に還御したこと。そして帝と太政天皇の対立から軍事衝突となり、勝利した太政天皇が重祚《ちょうそ》して、再び帝位に就いたこと等々。朱雀門の建設と、時を同じくしてこの世に生を受けた道奥には、自身の分身のように思えて、日々眺め暮らしてきた。その門を入った宮内の北辺に今、重祚した称徳が、死の床に就いていた。

十六

それから二ヶ月足らずの後、神護景雲四年（七七〇年）八月四日に、称徳は五十三年の生涯を終えた。この日を予測した話し合いが、左右大臣を中心として重ねられてきた。その結果称徳死去のその日に、白壁王の立太子が決定した。そして御璽と駅鈴を使って、愛発・不破・鈴鹿の三関を固めた。この間、道鏡たちは手を拱《こまね》いているだけであった。

八月二十一日、皇太子白壁王による令旨が発せられた。

「聞くところによれば、道鏡は今に到るも天皇位を得るための企てをたくらんでいることが、坂上苅田麻呂《さかのうえのかりたまろ》の訴えによって明らかとなった。しかし先帝（称徳）の思いもあり、律による裁きはしない。そこでその身は下野国薬師寺別当《しもつけのくにやくしじべっとう》とする。承れ」

翌日の昼過ぎ、弓削浄人は道鏡の館に駆け込んできた。

「兄者、先程この俺に、土佐国への配流が告げられた。一体俺がどんな罪を犯したと言うのだ」

浄人はいきり立っていた。薬師如来坐像を背に座した道鏡は、諦観の態で淡々と語りだした。

「ワシには昨日白壁王様からの令旨で、下野国薬師寺への配流が言い渡された」

「それで兄者は、何と言い返された」

「いや、何も」

「兄者、口惜しくはないのか。今年の正月には、兄者の前にひれ伏して、拝み倒していた奴らに」

「浄人、もう止めぬか。恥の上塗りになるだけだ」

道鏡の言葉で、浄人の鬱憤の炎は、下火になった。頃合を見て道鏡は、己が心の内を、弟に語り出した。

「ワシにとってこの七年余りの日々は、ワシ自身の人生ではなかったように思えるのだ。ワシは三十年余り前に、葛木の山中に一人で籠り、万物と相対して、悟りを得ようと意気込んでいた。わが身と心を研ぎ澄ませることで、釈尊の境地に一歩でも近づくことを夢見ていた。そんなワシが何故……」

道鏡は、自嘲の笑みを浮かべた。そして、

「出会った頃のあのお方（称徳）は、何事にも、自らが納得をするまで拘り貫かれた。側近くにあって、ワシは真剣勝負の毎日であった。しかし時の経過と共に、お互いの心の中に、甘えにも似た怠惰な感情が芽生え出した。やがてあのお方もワシも、その生き様が大きく変わっていった。ワシにとっては、様々な経典などが、即刻手に入った。寺の造営も、時を置かずに成された。ワシが望めば、事は成就した。その内に、ワシが手を伸ばさずとも、向こうから望むものが、おのずとやってきた。大臣禅師も法王の座も、みんな向こうからやってきた。

『人生は自らの力で切り開くもの。そのためには、飽くことのない日々の積み重ねが大切である』

そう思って研鑽を積んできたこのワシが、いつしか人生を受身で歩むようになっていた。

宇佐八幡の神託の話を聞いた時も、

『やがてワシは、天皇になるのだなあ』

と、ただぼんやりと受け止めていた。そんな中、清麻呂とかいう若者の、玉座の御前でのあの奏上。

『天皇の後継は、天皇家の者に限る』

ここ数年聞き慣れた、心地よい声とは異質のその声調に、ワシは一瞬、わが耳を疑った。

そしてその声の主を見た。あの男はワシなどには目もくれず、恐ろしいほどの冷静さで、帝御一人を見つめていた。まるで神から遣わされた使者のように」

そこで一度言葉を置き、昔日を懐かしむように続けた。

「今となって思うのは、あの清麻呂という若者は、未だ修行の身であった頃のワシによく似ている。自分が正しいと信じた事柄には、納得出来るまで拘り貫く。今のワシには、羨ましい限りの男だ。大隅という僻地に在ってもあの男は、次なる拘り事に向けて、心を傾けていることだろう」

かつての通い慣れた道を外れて、今は行き暮れている孤児のような面持ちで、道鏡は続けた。

「帝が崩御なされた後、藤原永手などが何事かを画策していることは分かっていた。しかしここ数年、ワシは受身で生きてきた。そんなワシに、一体何が出来ると言うのだ」

再び道鏡の顔に、自嘲の笑みが浮かんだ。浄人は溜息と共に、大きな欠伸を放った。痺れを切らしかけている弟に、道鏡は尚も語りかけた。

「この度赴任することになった下野国薬師寺は、東大寺、大宰府の観世音寺と並んで、この国で授戒の行える寺のひとつだ。これも何かの因縁。もう一度僧侶の道鏡として、自分らしい人生を歩み直す積りだ。これは決して、負け惜しみで言っているのではないぞ」

道鏡は自身と、最愛の弟への手向けの言葉を、語り終えた。

浄人は無言でその場を去った。広く煌びやかな持仏堂に一人取り残された道鏡は、明日の出立を控えて、今少し称徳との思い出に浸っていた。

〝あのお方は、ワシを天皇に据えることで、鎮護国家がこの世に招来出来ると考えられたのかもしれんな。しかしワシが天皇になったとしても、何をどうすれば良いのか、今のワシには見当もつかん。これで良かったのだ〟

薬師如来座像の輝き、漆を幾層にも塗り重ねた紫檀の須弥壇《しゅみだん》。道鏡は立ち上がると、己が身につけていた法衣を、その場に脱ぎ捨てた。

こうして宇佐八幡の神託に端を発した騒動が、一応の収束を迎えた。

その半年後の九月六日、法均尼と清麻呂姉弟の配流先へ、平城の地への召還を伝える使者が派遣された。

九月の半ば、落葉が其処此処に舞い散っている小道を、法均尼は供の小女と歩んでいた。目的地の寺が近づくほどに二人は無口になり、その歩みは速まっていた。羅城門《らじょうもん》（羅生《らしょう》門《もん》）を過ぎ京内に入ると、人の行き交う姿が、多く目に付くようになった。

〝あれからもう一年近くが経ったのか〟

久し振りの帰還に法均尼の脳裏には、様々な出来事が去来していた。

朱雀大路を外れて、七条大路を更に一歩中に入った小路は、静寂に満ちていた。

その静けさの中を、二人が寺の塀を曲がった時、数人の子供たちと鉢合わせた。一瞬の後、

「おばちゃん」

という一人の女児の言葉をきっかけに、数人の子供たちが、法均尼の回りに駆け寄ってきた。一年ぶりの再会。法均尼を見つめる子供たちの瞳。法均尼の心は瞬時に昂った。

法均尼は一呼吸を措くと、子供たちに語りかけた。

「さあ、みんなが待っている所に行きましょう」

そう言って目の前にいた子の手を取ると、歩き出した。子供たちはてんでに法均尼に纏わり付きながら、寺の正門に向かって歩き出した。

正門の入り口には、藤原雄田麻呂と多くの子供たちが待っていた。法均尼はその前まで来ると、雄田麻呂に頭を下げた。

「雄田麻呂様、このたびのことではあなた様に、たいへんなご迷惑とご苦労をお掛け致しました。お礼を申し上げます」

「いえいえ、私の方こそ、法均尼様や清麻呂殿には、申し上げる感謝の言葉もございません」

雄田麻呂は慇懃に頭を下げた。法均尼は、遠巻きにして自分を見つめている子供たちの瞳を、つくづくと眺めた。そんな法均尼を、雄田麻呂は本堂へと誘った。

本堂の階の下では、二人の尼僧が待っていた。一人は法均尼と共にこの寺を支えてきた順慶尼で、今一人は、少女のような尼僧であった。法均尼は暫くの間、その若い尼僧を見つめていたが、やがて驚きの声を上げた。

「かえで、楓ではありませんか」

かえでと呼ばれた尼僧は、顔を赤らめて俯いた。楓に代わって順慶尼が、この間の事情を、掻い摘んで説明をした。

「法均尼様が、この寺にお戻りになられるまで、いつまでも待ち続けたい。そのためには尼僧になることが最良の方法だと、十三歳になるこの子が、自分なりに考えて下した決断でございます」

法均尼は配流先へ旅立つその日に、自分を見つめている子供たちの瞳の、一つ一つを思い浮かべた。法均尼は尚も俯いている楓の側に行くと、その手を取って、本堂の階を上がっていった。

堂内には、正面に観世音坐像が安置されていた。孝謙が出家した際に、法華寺に安置されていたもので、重祚して称徳となった時に、譲られたものであった。雄田麻呂はその前で、すでに着座していた。法均尼は雄田麻呂に対座すると、改めてこの間の気遣いへの謝辞を述べた。開け放たれた本堂からは、南面に植わっている楓の木の葉が二、三枚はらりと落ちているのが見てとれた。

「楓の葉」

思わず呟いた法均尼は、六年前を思い浮かべた。

藤原仲麻呂の乱収束後、京内には多くの孤児たちが見受けられた。法均尼はそんな孤児たちを、自分の寺に収養した。多くの孤児たちは、さほど嫌がることもなく、むしろ寺に来ることで、安堵の気持ちさえ得たようであった。しかし一人の女児は、頑なに拒んだ。或る時法均尼は、その女児が一日の大半を過ごしている、西の市場へ出掛けた。

その日も女児は市場にいた。秋の恵みや衣類を満載にした荷車は、市場内で立ち止まり、数件の小屋に物を運び入れていた。やがて荷を運び終えると、荷車とそれに付き従ってきた男たちは、去っていった。時を移さずさっと荷車の置かれていた所に行くと、女児はしゃがみ込み、地面を眺め回した。そして小さな柿を見つけると、素早く懐の中に仕舞い込んだ。それからゆっくりと地面を眺めながら、栗や野菜の葉、それに糸くずや端切れなどを、次々と拾い上げた。女児は立ち上がると、もう一度地面を眺め回してから、その場を立ち去った。

市場から小道を少し入った所に、今にも壊れそうな廃屋があった。女児はその前まで来ると、サッと中に入った。暫くして法均尼も、その中に入っていった。奥まった所に独りいた女児は、一瞬怯えて身構えた。しかし法衣姿の法均尼を見て、少し安堵の表情になった。法均尼は女児の側に行くと、

「荷車の置いてあった地面には、まだこんなに宝物が残っていたよ」

そう言って女児に手渡した。そして

「おばちゃんは、市場を少し北に行った所にある、お寺に住んでいるの。そこであなたと同じ年頃の子供たちと、みんなで暮らしているのよ。良かったら一度遊びにおいで」

それだけを言うと、法均尼は帰って行った。女児の手のひらには、大きな柿が二つ置かれていた。

それから三日後に、女児は法均尼の寺へやって来た。そのとき朝の日課となっている、境内の掃除が行われていた。門の所で中の様子を窺っていた女児は、突然後ろから声を掛けられた。

「こんにちは。良かったらお掃除手伝ってくれる」

笑顔の法均尼がいた。女児は竹箒を受け取ると、勢いよく落ち葉を掻き集めた。掃除が

終わり、朝食が始まる前に、女児は帰って行った。

それから更に二日後の昼過ぎ、女児は再びやってきた。法均尼は女児を、庫裏へと案内した。女児はそこに、自分と同じ年恰好の子供たちが、大勢いることに驚いた。子供たちは秋の恵みを手にして、てんでに庫裏の中を動き回っていた。豆を皮から取り出す子や、葉っぱに付いた土を洗い落とす子、そして小房のグミを一つずつ取り分けながら、ひょいと一つ口に投げ入れた子。その瞬間女児は、偶然にもその男児と目が合ってギクリとした。男児は、唖然としている女児を見ると、にんまりと笑った。女児がどぎまぎしていると、傍らの法均尼が笑顔で窘《たしな》めた。

「これ建《たける》、お行儀の悪いこと」

広い庫裏の其処此処では、子供たちによって、ままごと遊びが興じられているようであった。

半時ほどして、いつものように夕餉となった。庫裏いっぱいに車座になった子供たちは、各々の折敷《おしき》*の中の食べ物を、黙々と食べ始めた。いつも独りであった女児にとっては、場

*折敷：片木を折り曲げて四方を囲んだ盆。

違いのように思えて、食べ物が喉に閊《つか》えた。そんな時女児の折敷の皿に、グミが二つ置かれた。顔を上げた女児は、先ほどの男児建と目が合った。建はにんまりと笑うと、自分の折敷の所に戻り、また黙々と箸を動かし始めた。女児は皿の中のグミを見て、隣の法均尼をそっと見た。法均尼は、木匙で傍らの幼児に粥を食べさせていた。女児はグミの一つを頬張った。秋のグミは渋味が強い。しかし女児にはその渋味が、何となく心地良かった。

寺に来て十日ほどが経った。しかしこの間、女児は自分のことを何一つ語ろうとはしなかった。法均尼は朝の読経の後、女児を傍らに呼び寄せた。そして開け放たれた本堂の前に植わっている、楓の木を指差した。

「あの楓の木は、おばちゃんがこの寺に来た時には、それは小さな木でした。それが一年ごとに大きくなって、今ではこんなに立派に育ってくれました。夏には葉が繁り、暑い日差しを遮ってくれます。お蔭で本堂の仏様も、大喜びされています」

そこまで言って法均尼は、しっかりと女児を見つめた。

「あなたにはあの木のように、大きく立派に育ってもらいたいと思っているの。そこでこの寺で育っていくあなたには、あの木と同じ〝楓〟という名を付けます。いいですね」

言い終えた法均尼は、女児の肩に手を置くと、また楓の木を眺めた。柔らかな手の温もりの中で女児は、ほっとしたように呟いた。

「かえで」

十七

「法均尼様、宜しいでしょうか」

目の前の雄田麻呂が、問いかけた。法均尼は、現実に引き戻された。

「何でございましょう」

雄田麻呂は、この一年の間に起こった出来事のあらましを、道鏡への仕置きも含めて語った。法均尼は聞き終えると、

「先帝様にとって、このたびのことで、血が流されなかったことが、何よりであったと

思います。これで私も心安らかに、高野山陵《たかのさんりょう》（称徳陵墓）へ詣でることが出来ます。それにしましても……」

と言って昔日を思いだすように、観世音坐像に目を遣った。雄田麻呂もそちらに目を向けて呟いた。

「これは先帝様の形見となりましたなあ」

法均尼は頷くと、ゆっくりと語りだした。

「事件後私は、仲麻呂様に与した方や、その身内の方々への寛大な処置を願って、帝（称徳）の御座所に何度か、お伺いを致しました。その折二、三度、道鏡様にお目にかかったことがございました。私はいつもの癖で、心に感じたことをそのまま口に致しました。『道鏡様はお年を召しておられるようにお聞きしておりましたが、今拝見致しますと大層お若くて、精悍な感じが致しておりますが』という私の問いかけに、『この世における歳のことなどには、全く関心がありません。そのようなことに気を取られていては、釈尊が達し得た悟りの境地には、いつまで経っても辿り着くことなど叶いません。仏道を志した者として、修行はこれからも果てしなく続くものと、覚悟を決めております』とおっしゃって、超然としておられました。私にはそんな道鏡様が、とても魅力的で、羨ましく思われました。〝繫ぎの天皇〟から、それを越えた存在になろうと、もがき続けてこられた先帝様にとって道鏡様は、とても魅力的なお方であったのだろうと思われます」

雄田麻呂にとっては、初めて耳にする道鏡の一面であった。法均尼は更に遠くを見つめる眼差しになって、付け加えた。

「下野国薬師寺と言えば、この国では授戒の行える三寺のひとつ。道鏡様にとっては、新たな旅立ちに相応しいお寺のように思われます」

一気に権力の頂点に駆け上がった道鏡に、

〝成り上がり者〟〝驕り高ぶった男〟

と言った陰口を叩く者が、宮内の其処此処に見受けられた。雄田麻呂もその一人であった。だからこそ雄田麻呂は、称徳没後、時を移さず称徳の遺詔なるものを創りあげて、白壁王の立太子に功を奏した。そしてその後は、権勢を極めた道鏡を、完膚なきまでに敗者に貶めた。そんな雄田麻呂の前に、今法均尼が描き出した求道者としての道鏡。雄田麻呂は法均尼の思いを、瞬時には受け止めかねた。しかしこの間、半年という時が経過していたことが、雄田麻呂には幸いした。やがて雄田麻呂は法均尼との語らいの中で、道鏡への思いを新たにし始めていた。

そしていっ時ほど語らった後、寺を辞去するにあたって雄田麻呂は、法均尼に謝辞を述べた。

「私は策を弄することで、策に溺れてしまっておりました。敵対する相手であっても、人間は等しく悩みや苦しみを持った者同士。事が終われば出来る限り、穏やかな決着に向けて尽力することが肝要だと思い至りました。この度の経験を深く心に留め置き、今後に活かしてまいります」

雄田麻呂は法均尼へ、深々と会釈をして、紅葉に彩られた参道を帰って行った。

本堂には法均尼、順慶尼、そして楓の法衣姿の女三人が車座になっていた。頃合いを見て順慶尼は、法均尼に願いを申し出た。

「楓は未だ修行の身でございます。この後戒律を授けられる日が参りましたならば、是非法均尼様に、名付け親になっていただきたいと、本人共々願っております」

順慶尼は頭を下げた。楓も同様に頭を下げたが、その後法均尼と目が合うと、たちまち顔を赤らめて俯いた。法均尼はそんな楓を、まじまじと見つめた。

〝頑なに自分の殻に閉じ籠っていたあの女児が……〟

六年前、楓がこの寺へ来て暫くは、誰とも口をきくことがなかった。或る時、寺の中で小さな騒動が持ち上がった。法均尼の部屋に置かれていた、小さな仏像がなくなっていた。順慶尼は寺に出入りの者や、子供たち一人ひとりにまで尋ねて、探し始めた。その日、法均尼は不在であった。仲麻呂と共に、乱を起こした者たちの助命嘆願に、称徳の元へ出向いていた。夕方、寺に帰って事情を聞いた法均尼は、子供の悪戯だろうと直感した。そして、

〝どうしたものだろうか〟

と思案を廻らせていた。その時、楓が順慶尼に伴われて法均尼の部屋へやって来た。楓は部屋へ入ると、おずおずと懐から仏像を取り出した。傍らの順慶尼が、事の顛末を語り出した。

「法均尼様が大切にされている仏像に、自分が編んだ首巻を、どうしても掛けてあげたかったので、持ち出したとのことでございます。ただ事が大きくなったので、返しそびれてしまったそうです」

話を聞き終えると法均尼は、楓に優しく声をかけた。

「ではこの仏様を、元の所に戻しておきなさい」

楓は立ち上がると、法均尼の後ろにある棚の上に置いた。戻し終えた楓に法均尼は、笑みを浮かべて言った。

「楓、この仏様は棚の真ん中ではなく、左の端っこに置いてあったのですよ」

対座していた楓は、たちまち俯いた。

次の日法均尼の部屋には、順慶尼と二人の子供たち、楓と建がいた。法均尼はまず楓に語りかけた。

「楓、あなたは今度のことで、一つ良い事をしました。でも同時に、一つ良くない事もしました」

楓は俯いたままで、聞いている。

「今度のことは、建が私の気を引くために、悪戯心でやったこと。事が大きくなって、悪戯を言い出せなくなってしまった。そんな気持ちを楓が分かってあげたことで、建は救われました。しかしだからといって嘘をつくことは、決して正しい行いではありません。私もこれからは、出来るだけ出掛けることは控えましょう」

そこまで語り終えて法均尼は、子供たち二人を等分に見て、更に語りかけた。

「悪戯心で仏様を隠すことは、絶対に良くないことです。あなたたちは、大人の起こした戦によって置き去りにされて、独りぼっちという辛い経験をしました。寂しさや悲しさの中で、何故自分だけがこんなにも惨めな思いをしなくてはいけないのか。悔しくて堪らなくなった時、そんな思いを、何かにぶつけたいと思ったこともある筈です。大人である私でさえ、同じような気持ちに駆られたことがあります。そのような時、私は仏様に思いをぶつけることで、気持ちが和らぎ、心が癒されました。おそらくこの仏様を造った人も、あなたたちと同様に、嫌というほど孤独を経験した人ではないかと思います。このような仏様を、決して遊びの道具などにしてはなりません」

楓は俯きながら、大きく頷いた。今度は建を見つめて、法均尼は語りかけた。

「建、いくら悪戯だといっても、寺の大切な宝を隠したことは良くないことです。今この国は律令に定められた決め事によって、正しい行いか、そうでないのかが判断されています。そこでこの国に生きる者として、建は律によって裁かれねばなりません」

そこまで言って法均尼は、更に背筋を伸ばして、一呼吸の後こう言い渡した。

「建、今後何か不満や納得のいかないことがあった時は、必ず楓に相談をしなさい。必ずですよ。そして二人で話し合ってもなお納得が出来ず、不満や疑問を感じた時には、私や順慶尼に相談をしなさい。これから先建は、この決め事を守らなければなりません。いいですね」

建は楓の横顔をそっと盗み見ると、照れを隠すように頷きながら、ぼりぼりと頭を掻きむしった。

今、法均尼の前には法衣姿の楓がいる。

〝この六年の間で得た知識と経験を通して、今後どのような尼僧となっていくのだろうか〟

暫くの間法均尼は、これまでの雑多なことを思い浮かべながら、楓の方をぼんやりと見つめていたが、やがて、

「建はどうしたのですか。姿が見えないようですが」

と尋ねた。順慶尼と楓は、瞬時に目が合った。しかし互いに躊躇っていた。

法均尼は少しの間、南面の楓の梢を眺めていた。そんな法均尼に順慶尼は、遠慮がちに語りかけた。

「建は、法均尼様が備後へ出立されました十日後に、この寺を出て行きました」

そう言って俯いた。法均尼は、自分を見つめている楓の視線を感じて向き直り、穏やか

に尋ねた。

「建はあなたに、何か言ってましたか」

楓は一呼吸の後、語り出した。

「私は、法均尼様が此処から旅立たれました後、また独りぼっちになったように思い、毎日が言いようのない寂しさに襲われました。或る時私は、建にそのことを話しました」

その日楓は、朝の読経を終えた後、閑散とした本堂で建に話しかけた。建は楓の思いを、必死に理解しようと努めた。朝食の時も、それから後も、一人黙念としていた。そして午後の読経のあと本堂で、楓にこう話しかけた。

「出家して尼僧になれば、いつまでもこの寺に居ることが出来る。いつ戻って来るかもしれない人を待ち続けるには、それしかないだろう。でも修行は厳しいだろうな」

そこまで言うと建は、フッと息をついた。やがてニヤッと笑うと、

「お前なら出来る。オレが保証する」

そう言って、建は胸を張った。

翌日楓は、建との遣り取りを、順慶尼に話した。順慶尼は少女の思いを、優しく受け止めた。楓の心に、光明が差し込んだ。

それから二日して、今度は建が楓に告げた。

「もう此処に居てもしょうがない。いい潮時だし、オレはみんなよりも一足先に、世間の風にあたってくることに決めた」

突然の話に、楓は尋ねた。

「順慶尼様には相談したの」

「一昨日《おととい》と昨日《きのう》、オレは必死になって考えたんだ。それで決めたことだ。順慶尼様には明日話す。もう決めたことなんだ」

建は、自分に言い聞かせるようにそう言った。

法均尼は楓の話を聞き終えると、自身に問いかけた。

〝自分は本当に、子供たちの心が理解出来ていたのだろうか。寺が存続さえ出来れば、子供たちは安心して暮らしていくことが出来る。何よりも寺の存続が大切だ。この寺は、子供たちの心の拠《よりどころ》なのだから。神託騒動の責任は、私と弟で一身に負えば、事は済むだろう。だから雄田麻呂様や、これまでに知り合った方々に、寺のことをお願いして回った。しかし……〟

法均尼は備後へ出立する日の、子供たちの瞳を、思い浮かべていた。

〝寺を去る前に、もっと一人ひとりの子供たちと、しっかりと話し合っておくべきだった。私たち大人が引き起こした騒動は、私や弟を乗り越えて、子供たちの心にも、激しい苦痛や不安を与えていたのだから〟

法均尼の表情は、いつしか苦悩に満ちていた。そんな法均尼に、順慶尼は静かに言葉をかけた。

「建が私の所にやって来て、寺を出ることを告げました時、私にこう申しました。『オレは将来、市場に自分の小屋を出すんだ。だからみんなよりも一足先に、この寺を出て行く。そして市場で大儲けをしたら、その金でこの寺を、立派に建て直してやる。でも順慶尼様や楓のことが心配だから、二年後の十五になったときに、一度この寺へ様子を見にやってくる』と。私は余りにも突拍子のない話に、思わず吹き出してしまいました。でも不安にもなりましたので、『此処を出て、何処かほかに行く当てでもあるの』と問いました。すると建は、『良さそうな所に当たりをつけているので、そこに行ってみるよ』と申しました。私は余りにも漠然とした話に、『寺を出ることは、少し先に延ばしなさい』と申しました。でも建は、『そこに行くことに決めたんだ。順慶尼様、そんなに心配しなくても大丈夫だよ。オレはこう見えても、慎重な男なんだから』そして最後に、『オレは自分の力で生きていくんだ』と言って、室を下がって行きました」

順慶尼の語る話を、法均尼は全身で聞き入っていた。

「建が下がって行ったあと、部屋に一人残った私は、無精に自分が情けなくなりました。『法均尼様が居られたなら、建だって今この時に、寺を出て行くことなどなかっただろう。私はこの寺で、どのような役に立っているのだろうか』私は仏様の前で、自分を苛み続けました。その日は、横になって眠ることにも気が滅入り、ただ仏様に向かって縋《すが》りつくような思いで、祈っておりました。しかしそんな私もいつしかまどろみ、明け方近くに目覚めました。私は一人本堂へ行き、いつもより早目の読経を行いました。そしてその後、本堂の扉や窓を押し開き、外の冷気を迎え入れました。その時、昨夜来の蟠《わだかま》りごとが何やら自分の中で、変わってきていることに気付きました。私は心の中で、二年後に会いにやってくる建の姿を、思い描いておりました」

順慶尼は、語り尽せぬ思い出話を、ひとまず置いた。聞き入っている法均尼の横顔からは、先ほど見せた苦悩の表情が、掻き消えていた。そして順慶尼は穏やかに、言葉を継いだ。

「子供たちは、いつかはこの寺から巣立っていくもの。私が建に出来ることは、残された日を大切にしてあげることだと気付きました。そして出立の朝はみんなで、寺の門の所まで見送りました。建は照れながらも、何度か此方をふり返って、手を振っていました。それにしましても子供たちは、みんな立派に成長したものだと、つくづく感じ入っております」

聞き終えた法均尼は、この寺に集う子供たちが、一人また一人と自立をしていく姿に、言い知れない感動を覚えていた。そしてそんな人生に、足を踏み出すきっかけを与えてくれた亡き夫葛木戸主《かずらきのへぬし》に、感謝せずにはいられなかった。法均尼は懐に忍ばせていた小さな仏像を、ギュッと握り締めた。

葛木戸主は、乱最後の死闘となった湖の西岸三尾の地で、仲麻呂に殉じて果てた。それからほどなく法均尼は、亡夫戸主を模した仏像一体を、仏師に依頼した。建が悪戯で持ち出した仏像が、それであった。そしてそれは今、法均尼の懐に抱かれていた。

本堂に座した女三人の間を、ぼんやりとした時が移ろっていた。そのとき楓の木の下から、子供たちの声がした。

「夕餉の仕度はまだなの」

三人の尼僧は、法衣を翻して庫裏へ向かった。

十八

その年の冬の初め、木枯らしが落ち葉を舞い上げる中、和気清麻呂は四条にある雄田麻呂の館を訪れた。これまでほとんど面識のない二人であったが、居間での対面では、すぐに打ち解けた。年齢が近いということもあったが、それ以上に、同じ難事を共に体現した者同士という思いが、互いを強く惹き付け合っていた。

清麻呂はこの間の、多方面に亘っての援助に、謝辞を述べた。これに対して雄田麻呂は恐縮の体で、自らの思いを述べた。

「私がこの間、法均尼様や清麻呂殿に行って参りましたことは、自身の罪滅ぼしのようなものです。ですから、そのような気遣いは、無用に願います」

清麻呂は深く頭を下げて、謝意とした。そして互いに笑顔で頷き合った。

雄田麻呂は自ら酒器を取り上げると、清麻呂の膳の杯に注いだ。そして自らの杯にも注ぐと、

「今日はゆっくりとお過ごし下さい」

と言って自らの杯の酒を、一気に呷った。清麻呂も注がれた酒をひと口含むと、ゆっくりと喉の奥へと流し込み、酒器を取って雄田麻呂の杯へ注いだ。雄田麻呂は、軽く会釈をすると、清麻呂に語りかけた。

「先ほど清麻呂殿が申された大隅への荷駄の件ですが、あれには私以外に今一人の者からの荷が、含まれておりました」

「それはどのようなお方でございましょうか」

「雀部道奥という者です」

清麻呂には、記憶にない名であった。暫くして雄田麻呂は、自嘲気味に語り出した。

「法均尼様と清麻呂殿が配流先へ出立された後、この道奥の噂話が、宮の内外で囁き合われたのです。事の起こりは、あの豪胆なる石上宅嗣様が、或るとき朝堂において語られたことが、その発端となったらしいのです」

宅嗣はその日、朝堂に居た貴族や役人たちの前で、雀部道奥という男の実直さを、吹聴していた。

「もし自分（道奥）が宇佐八幡へのお役目を仰せ遣っても、清麻呂殿のような奏上は出来なかった。自分は事なかれに生きてきた、大不忠の役人である」と。

話のあと朝堂内には、気まずさが漂った。しかし年が明けると、〝道奥の自責〟への共感が、宮の内外に広がり始めた。それと共に称徳の酒量も、留まることなく増え続けていった。

清麻呂は、雄田麻呂が語る〝道奥の自責〟の話を聞きながら瞑目した。

やがて話が終わると清麻呂は、項《うなじ》を掻きながら言った。

「そのように大仰におっしゃられても、当惑するばかりです。私が国の行く末を憂いて、帝の御意志に背いたとか、道鏡様たちの横暴に、身を挺して立ちはだかった等々。宮内では様々に思われている方がございますので、本当のところを申し上げます」

今度は清麻呂が、自嘲気味に話しだした。

「あの奏上は、自然と口を衝いて出ただけのものでございます。もしそれ以外のことを奏上しようとしても、あんなに自然体で申し上げることなど、出来なかったように思います。つまり私の中には、宇佐八幡の神が居ついていたものかと思われます。そういった中での奏上でございました。私は元来、我慢をすることが、大の苦手でございます。お蔭をもちまして、後悔という心の重荷を背負い込むこともなく、何とか自然体で生きて参りました。そしてこれからも、そのように在りたいものだと思っております」

雄田麻呂は、弁解混じりに話す清麻呂を凝視していたが、やがて苦笑混じりに相槌を打った。雄田麻呂の脳裏に、かつて永手が清麻呂について語った〝何と手強い男なのか〟という言葉が思い出された。

雄田麻呂館からの帰途、清麻呂は一年前の称徳帝との出会いを思い浮かべていた。その日清麻呂は、姉法均尼からの委任を受けて、称徳の元へ伺候した。

〝玉座の近くに座したオレは、雲の上の存在であった帝から、仰せ言を受けた。

「清麻呂、そなたはこれより宇佐八幡へ赴き、神託の真偽を確かめて参れ」

自信に満ち溢れた声。結果を見越したようなその声調に、オレは一瞬、言いようのない理不尽さを感じ取った。帝よりの仰せ言には、畏まって承る覚悟で伺候したこのオレの心の中で、何かが弾けた。御前から下がって帰途の道すがら、オレの心の中で天邪鬼という虫が、大きく顔を覗かせた。そしてこのオレに、囁きかけた。

「万事が上手く整えられた話、出来過ぎた話ではないか。神託という、人間が立ち入れぬ領域からもたらされた告知の確認など、一体どうやって、その真偽を確かめるというのだ。結局お前ならば事勿れで収めると、そう見越しての派遣ではないのか」

そいつはオレを苛んだ。少しの後、オレはこう思い定めた。

「ならばその真偽を確かめる手立ては、神に問いかけるしかあるまい」

オレは出立した。

宇佐八幡までの道すがら、時折煩悩が、オレの前に立ち現れた。姉法均尼とそこに集う子供たち、それにオレの家族。

そして何とかオレは、宇佐八幡宮に辿り着いた。

太宰主神の習宜阿曽麻呂は、オレを本殿に誘うと退出していった。オレは称徳帝よりの宝物を神前に捧げた後、宣命を押し頂いた。静寂に満ちた本殿の中を、オレの声が吹き抜けていた。やがて読み終えると、オレは神の声を承るために、一心に念じた。僅かな物音にも意識を傾け、どんな小さな囁きも聞き逃すまいとした。オレは神と対峙していた。

小半時が過ぎた頃、阿曽麻呂が本殿の入り口から声をかけた。

「清麻呂様、如何でございました。神の御声を承られましたか」

オレは首を廻して阿曽麻呂を見詰めると、告げた。

「神の御声を、はっきりと聞き出すには至りませんでした。今一度お願い申し上げております」

阿曽麻呂は、一瞬ムッとした。しかし気を取り直すと、

「それではご随意に」

そう言って立ち去った。やがて本殿と奥殿の間にある、狭い樋下の間の扉の閉まる音がした。何やら可笑しさが込み上げてきた。オレは己に気合いを入れると、再び意識を集中した。そして小半時後、オレは神前に向かって拝礼をした。すると、再び本殿の入り口の所に現れた阿曽麻呂は、先ほどと同じ問いかけをした。

「如何でございました。神の御声を承られましたか」

オレは、心に生じたゆとりの中で答えた。

「今私の耳の奥には、神の御声がはっきりと残っております」

そう答えてオレは、その場から退出しようとした。阿曽麻呂は存外の面持ちで、尚も尋ねた。

「清麻呂様、宇佐八幡の神の御声を、確かに承られたのでしょうな」

オレは振り返ると、笑顔で答えた。

「今ははっきりと、神の御声が耳の奥に張り付いております」

オレは早速、帰路に着いた〃

ここまでを振り返ると馬上の清麻呂は、首を廻らした。冬の黄昏の中で平城宮の東半分が、朱雀門の長い影に、とっぷりと沈み込んでいた。清麻呂は、称徳との二度目の対面となった神託奏上を思い浮かべた。

〝出立してひと月、オレはあのお方との再会に臨んだ。玉座を中心に、法王の道鏡や左右大臣が居並んでいた。そんな中オレは、自分でも驚くほどの冷静さで控えていた。煩悩が消え去り、やがて全く自由な人間として、オレは奏上した。

「天皇の後継は、天皇家の者に限る。以上でございます」

そしてオレは、神をも凌駕した思いの中で、帝御一人を見つめ続けていた〟

ここまでを振り返った清麻呂は、更に半時前の雄田麻呂館でのやり取りを反芻した。

「私は元来我慢をすることが、大の苦手でございます……か」

清麻呂は、雄田麻呂への弁解に使った、姉法均尼の人生を思い浮かべた。そして、

「独り善がりで、融通の利かないこのオレでさえ羨ましく思える、姉さんの生き様。やはり敵わないいな」

冬枯れの大路に駒を歩ませるその背で、清麻呂は深く自身に語りかけていた。

十九

法均尼・清麻呂の両名が平城の地へ帰還して、ひと月ほどが経っていた。雄田麻呂は、三条にある藤原永手の館を訪れた。

永手の部屋で二人は、差し向かいに座した。雄田麻呂は平伏の後、話し始めた。

「文屋浄三様が身罷られて、早ひと月近くが経ちます」

「うん」

永手は眠ったような目で、ゆっくりと頷いた。そんな永手を見つめて、雄田麻呂は続けた。

「お年齢《とし》とは申しながら、惜しいお方を失ったものです」

ここまで語ると、雄田麻呂は言葉を置いた。永手はうっすらと目を開くと、真っ直ぐに雄田麻呂を見つめた。

「それで一体何を言いに参ったのだ」

永手は雄田麻呂の心の内を推し量るように尋ねた。

「そのように話の先を勘繰られても困りますが」

雄田麻呂は笑みを浮かべて頭を下げると、話の流れをゆっくりと補正した。

「私は浄三様というお方が死に臨んでも、律儀で潔癖な振舞いに終始されたことに、少々戸惑いを覚えております」

永手は元の眠ったような、無表情な面持ちで尋ねた。

「何故戸惑っておるのだ」

雄田麻呂は暫くの間、無言で対していたが、やがて微かな溜息と共に、自ら切り出した。

「先帝（故称徳天皇）様のご容態が危ぶまれました際に、私は永手様と同様に、白壁王（現光仁天皇）様こそが天皇位に相応しいお方だと心に決めておりました。右大臣吉備真備様が文屋浄三《ふんやのじょうざ》様、弟の大市《おおち》様のいずれかが天皇位に相応しいと仰せられた時も、私の確信に揺らぎはありませんでした。それ故に先帝の遺詔にも、わが手を染めたのでございます」

「これ滅多なことを。たとえそなたとワシの、二人っきりの場であってもな」

雄田麻呂は悪戯を指摘された子供のように、畏まって頭を下げた。対座する永手の目に光が宿っていた。暫くして永手は語りだした。

「ワシは常に偉大な父藤原房前公に、引け目を感じながら生きてきた。淡海公（故藤原不比等）の二男坊でありながら、元正太政天皇様不予《ふよ》*に際してはその枕元に侍り、時の左大臣長屋王様と共に、元正太政様の遺詔を承られた。同じ二男坊でも大違い。ワシにはあのような人徳は、備わっておらんのだ」

雄田麻呂が何かを言いかけようとした。永手はそれを遮るかのように、話を続けた。

「聖武帝を始め今の帝まで、ワシは常に帝の側近くでお仕えしてきたが、目立つこともなく、平穏を旨としてやってきた。それが何よりの安全策だからな」

いつもとは違う永手の物腰に、雄田麻呂は敢えて口を挟んだ。

「永手様は八つ年上の兄鳥養《とりかい》様の突然の死去で、藤原北家の嫡子となられました。私などには分からないほどのご苦労を、瞬時に背負い込まれたものだと思っております」

「確かに突然の、嫡子としての任は重かった。そして天平九年の疫病で、父房前公を始め半年足らずの間に、藤原四家の当主すべてが亡くなった。ワシはあの時、何か悪夢の只中にいるようで、茫然と立ち尽くしていた。僅かの間に起こった出来事に、天がワシを試

＊不予：天皇の病気。

していくようにさえ思えた。やがて時の経過と共に、ワシは北家だけではなく、藤原四家のことを強く意識するようになっていった。四家各々の家門を独立させたのは、淡海公のご英断であった。四家が互いに切磋琢磨し合うことで、藤原一門が末永く栄えるということを、見据えられた結果の決断であった。しかしそのためにこの後、藤原一門のことが、ワシには大きな重石のように圧し掛かってきた」

雄田麻呂は頷きつつ聞き入っている。永手はひと息つくと、首を後ろにゆっくりと反らせ、やがて大きく息を吐き出しながら元へ戻した。そして続けた。

「男とは幾つになっても、子供のようなところが抜けきらないものだ。三十年以上も前に、ワシは兄の死去で嫡男となり、従五位下を与えられた。その同じ日に式家の嫡男であった広嗣も従五位下を叙位された。突然の叙位に逡巡するワシとは対照的に広嗣は、自らを大きく飛翔させることに躍起となっていた。その結果として、大宰府への左遷となった。憤懣やる方のない広嗣は、自らを制御出来ないままに蜂起してしまった。

また臣下で正一位にして太政大臣にまで上り詰めた南家の仲麻呂殿。自らの兄豊成様を大宰府へ左遷することで、政の場から引き摺り下ろした。そして自らが立ち上げた藤原恵美家のみの繁栄を、計ろうとなされた。その結果としてのあの末路。『己が家の繁栄のみに固執すれば、やがては滅び去る』という淡海公の遺訓が、分かっていなかったようだ」

永手の表情は、苦渋に満ちていた。

「男という者は、自分を取り巻く状況が悪しくなれば、苛立ち、あがきだす。反対に上手くいくと浮かれだして、そんな自分を冷静に見つめることさえ出来なくなる。所詮男とはそうしたものだ。幸いワシには仲麻呂殿のような頭の切れもなく、人を虜にするような弁舌もない。また広嗣のような豪胆さも持ち合わせていない。ワシはどれといって取り柄のない、平凡な男であった。そんなワシに出来ることといえば帝の側に控えて、その日を恙《つつが》なく終えることであった。雄田麻呂、お前も存じている雀部道奥とか申す男。いつだったかワシが朝堂を通りかかったとき、内で気の置けない者たち同士が、取り留めのない話をしておった。中でもあの石上宅嗣の大きな声が、堂の外まで聞こえてきた。宅嗣は雀部道奥のことを話しておった。『もし自分（道奥）が宇佐八幡へ神託の確認を命じられたら、とても清麻呂殿のような奏上などは出来なかった。自分はわが身のことしか考えない不忠者だと言って、今も自分を苛み続けている。近頃には珍しいほどの実直者だ』と」

そこまで語って永手は、暫く息を継いだ。雄田麻呂はその様子に、不安を覚えた。少し間を置いて、永手は話を続けた。

「ワシはどうしてもその道奥という男に、会ってみたくなった。そして宅嗣の館で顔を合わせた。その時のワシの気持ちが、お前に分かるか」

永手は問いかけ気味に、雄田麻呂を見つめた。

やがて永手は、当惑の体にあった雄田麻呂に、己が心を打ち明けた。

「ワシが何となく想像していた通りの男であった。まるで旧知の自分に会ったようで、懐かしさすら感じた」

淡々と語る永手は、やがて自虐的にこう言った。

「ワシはあの男によく似ている。兄鳥養が生きていた頃のワシとそっくりだ。ワシは元来、大臣などという器ではなかったのだ」

自分を苛み続けている永手の言葉を、雄田麻呂は辛抱強く聞き入っていた。永手は尚も続けた。

「このような藤原一門が、帝の元で政に係ることが出来るのも、すべては光明皇太后様のお蔭だ。何せ我ら男どもとは違い、子供じみたところなど微塵もない、観世音菩薩のようなお方であったからな」

永手は、慈愛に満ちた光明子の顔を思い浮かべると、自らの話を終えた。

雄田麻呂は、やっと廻ってきた話の糸口に、素早く応じた。

「誠に光明子様は、心の広いお方でございました。勿体ない言いようではございますが、私などは、慈母のように思っておりました」

眠ったような表情に戻った永手は、ゆっくりと頷いた。雄田麻呂は、永手の落ち着きを見極めると、話題を転じた。

「一昨日の叙位の儀において、法均尼様の復位（従五位下）がなされましたが」

「うん」

永手は、無表情に頷いた。

「では清麻呂殿の復位は、いつ頃に？」

「その内にな」

永手は、素っ気なく答えた。雄田麻呂は心の中で呟いた。

〝やれやれ、これでまた話の糸口がなくなった〟

雄田麻呂の口から溜息が漏れそうになった時、こちらを凝視している永手と目が合った。

永手が話しかけた。

「雄田麻呂、どうやらワシも、そう先は長くはないようだ」

思いがけない永手の、不吉な物の言いように、雄田麻呂は自分らしくもなく、ただ茫然と永手を見つめていた。永手は珍しく笑みを浮かべると、更に語りかけた。

「これは本当の話だ。よくもってあと半年ぐらいだろう」

自分を取り戻した雄田麻呂は、語りかける永手と向き合った。

「永手様、それならば一度ゆっくりとご養生をなされては如何でございましょうか。永手様のご尽力で、政も軌道に乗りつつあります。この機会に是非ご養生をなされることを、お勧め致します」

雄田麻呂は、心を込めて訴えた。

「今更養生してみたところで何になる」

永手はさらりとかわした。そして続けた。

「雄田麻呂、今の帝は天智天皇《てんじてんのう》の血脈のお方だ。これまでの帝とは違う。吉備真備殿が我らと違い、文屋浄三様などを天皇位に推されたのも、天武天皇の血脈を拠《よりどころ》とされたからであろう。真備殿は真っ直ぐな気性のお方。決して人の心を操るようなお方ではない。しかし今後どのような輩が出てくるかもしれぬ。よいか、今の帝をこれから先もお助けして、平安な世の到来のために働いてくれよ。頼んだぞ」

言い終えた永手の顔は、物寂しげであった。雄田麻呂は慇懃に平伏して承った。

二十

それから四ヶ月後の宝亀二年（七七一年）二月二十二日、左大臣藤原永手は五十八年の生涯を終えた。そのひと月後の三月二十九日、和気清麻呂に従五位下の復位がなされた。そして更に半年後の九月、清麻呂は新たな官職を受けるために、雀部道奥たちと共に朝堂に控えていた。やがて内臣（准大臣）藤原良継が、姿を現した。堂内の貴族二十四名は、一斉に立礼をした。良継は貴族たち一人ひとりに、新たな官職を言い渡すと、その場を後にした。良継が退席をして少しの後、貴族たちは三々五々と朝堂を後にした。

がらんとした堂内に道奥は、清麻呂と二人きりになった。二人はお互いに会釈を交わすと、隅に置かれていた椅子に腰を下ろした。

まず清麻呂が礼を述べた。

「私が称徳帝の御不興を買いました折、配流先の大隈に衣服や食料を届けて頂きました。その雄田麻呂様からの支援の中に、道奥様からの分も含まれていたとお聞きして、一度お目に掛かってお礼を申さなければと思っておりました。あの節は誠に有難うございました」

清麻呂は腰を浮かせて、謝辞を述べた。

「いえいえ、本当は自力で荷駄を都合して送れば良かったのですが、何かの折、雄田麻呂様の荷駄に付き従って送った方が安全だと考えましたので。所詮は度量の狭い私の遣り方でして、女々しいこととお笑い下さい」

「決してそのようには思っておりません。帝のご不興を買った私は、帝に対して弓を引いたも同然の者。そのような私に、支援の手を差し伸べて頂くことなど、生半可な気持ちで出来ることではございません。今もって感謝致しております」

道奥は、息子のような清麻呂を前にして、年甲斐もなく照れた。開け放たれた釣蔀《つりじとみ》から見える空は、どこまでも高く、澄み渡っていた。

〝秋も半ばを過ぎたか〟

そう呟くと道奥は、目を堂内に転じた。その道奥に、清麻呂が語りかけた。

「道奥様は若狭へ、赴任をなされるお積りですか」

この時代、国守は任地へ趣かず、介《すけ》や掾《じょう》といった一級下の者たちに、その国の支配を委ねることがあった。

「冬が到来する前に、若狭に向けて出立しようと思っています」

「その冬を遣り過ごして、春の訪れと共に出立されても、宜しいのでは」

と、清麻呂は笑みを浮かべて言った。

「若狭国は幾年にも亘って、仲麻呂様一族が治めてこられた土地柄。出来るだけ早く、任地へ赴かなければと思っています」

律儀な道奥の受け答えに、清麻呂は生真面目に言った。

「称徳帝のご恩を、未だそのように感じておられるお方も、珍しいことです」

「いいえ、とてもとても」

道奥は右手で、取り繕いの仕草をした。それから道奥は、清麻呂を真っ直ぐに見つめて、

「清麻呂殿のなされたことこそが、誠の報恩の行い。お若いのに、立派なお方だと思っ

ております。私にはとても、清麻呂殿のような真似は……」

とそこまで言うと道奥は、急に心の昂りを覚えて、後の言葉を自らの内に押し込んだ。道奥を凝視していた清麻呂は、瞬時に、何事もなかったかのように、釣り蔀の外に目を転じた。そして、

「今日も生駒の山並みが、くっきりと見えますね」

と少年のように弾ける声で言った。

今回の任官の儀で、雀部道奥は、若狭守。和気清麻呂は播磨員外介であった。

この後清麻呂は、平安遷都などの功により、延暦十五年（七九六年）、従三位に昇進し、公卿となった。そして三年後の延暦十八年二月、三歳年上の姉法均尼に遅れることひと月後に、六十七年の生涯を終えた。

死に先立って姉弟は、死後の仏事を簡素にすることを約束して、そのことを子孫への家訓とした。

一方道奥は任国へ赴き、三年後に帰還を果たすと、七条にある館で余生を過ごした。

没年は定かではない。

雀部道奥は、奈良時代のほぼ全期間を生き抜いた。その彼にとって選叙令・考課令という評価制度は、時に励みとなった。しかし時には、自らの心に封印をして、ただ生真面目に役目に励むだけの人生を余儀なくさせた。

そんな彼も、様々な人たちとの出会いを通して、自己の信念に誠実に向き合おうと、必死になって足掻き続けたように思われる。

あとがき

今回、この物語を書くに当たって、まず基本資料である『続日本紀』の中の、天平九年に出された「続労銭廃止」の記載から、読み進んでいきました。

続労銭は、国に五百文を納めることで、職に就けなかった下級役人が職に就いた役人と同様に、評価を受けることができる手段でした。

こういった制度が設けられた背景には、役人を希望する人の数が、政権側が求める数よりも多かったからに外なりません。

では、役人になることで、彼らにはどんなメリットがあったのでしょうか。

一般庶民には、「租」「庸」「調」といった税の負担が課せられました。しかし役人になれば、帝のための仕事に励んでいると見做されて、課役などの労役が免除されました。また、帝に仕える役人として、見栄を張ることもできたと思われます。

しかし、同時に彼らは、他人からの評価を受ける立場になったわけです。

評価によって、時にはやる気を起こすこともあったでしょう。

しかし他人からの評価を意識する余りに、自身の心に自らが封印をしてしまうこともあった筈です。そしてそんな生き様の中で、役人たちはまた黙々と、仕事をこなしていったように思います。

その時彼らの口からは、諦観に満ちた溜息が漏れたかもしれません。

しかし、それでも自身に叱咤して、自らの背筋を必死に伸ばそうする人たちもいたように思います。「宇佐八幡の神託事件」で見せた和気清麻呂の行動も、その一つではなかったでしょうか。

宇佐八幡宮での神と清麻呂の攻防は、コンピューター・グラフィックスによる活写宜しく、『日本後紀』に記述されています。

「清麻呂が天皇称徳から託された宣命を読み上げようとした時、神が禰宜の口を通して、これを拒んだ。そこで清麻呂は再度宣命を読み上げることを望むと、身の丈三丈（約９ｍ）の大神となって、宇佐の神が姿を現わした」

この記載は、清麻呂が従三位という公卿になって亡くなった後に、薨伝《こうでん》として書かれたものであり、大仰に描き立てられた感があります。

そこで私は、誰もが心の中に抱いているつむじ曲がりの天邪鬼という虫を、清麻呂の心に住み着かせました。思い上がった称徳が、清麻呂に突きつけた理不尽な仰せ言への切り返しとしてです。

こうして私の思い描いた神託事件は、一応の収束を迎えました。

雀部道奥の生きた奈良時代の役人たち。

私が生きている現代の働き手たち。

その間に流れた千三百年の時を経ても尚、権力を背景に、事を押し通そうとする理不尽さは、根付いたままのように思われます。私自身の経験と、周りの仲間たちの受けた口惜しさの数々を思い遣ったとき、少なくとも次世代にまで、この理不尽さが引き継がれることのないようにと念じています。

この小説を一人でも多くの人たちに、手に取っていただきたく思い、合同フォレストから本書を刊行するに至りました。編集を担当された山中洋二氏には、ひとかたならぬ御世話になりました。この場を借りて厚く御礼申し上げます。

二〇二〇年二月

古川　昭一

●著者プロフィール

古川 昭一（ふるかわ・しょういち）

1949 年　兵庫県に生まれる
1968 年 3 月　尼崎東高校卒業
1972 年 4 月　電電公社入社
1985 年 4 月　電電公社民営化で NTT となる
2010 年 3 月　NTT 退社
2011 年 10 月　和歌山県印南町へ移住
2018 年 11 月から兵庫県伊丹市に在住

著書 『古代の疼き―有間皇子と網代』（清風堂書店）

組版　GALLAP
装幀　ごぼうデザイン事務所

朱雀門の残照——女帝と雀部道奥

2020年3月30日　第1刷発行

著　者　古川　昭一
発行者　山中　洋二
発　行　合同フォレスト株式会社
郵便番号 101-0051
東京都千代田区神田神保町 1-44
電話 03（3291）5200　FAX 03（3294）3509
振替 00170-4-324578
ホームページ　https://www.godo-forest.co.jp
発　売　合同出版株式会社
郵便番号 101-0051
東京都千代田区神田神保町 1-44
電話 03（3294）3506　FAX 03（3294）3509
印刷・製本　株式会社シナノ

ISBN 978-4-7726-6156-0　NDC 913　188×130